Daniela Alge

Kathrinatag
Kriminalroman

Daniela Alge, geboren 1975 im Bregenzerwald und aufgewachsen in Bizau, lebt heute mit ihrem Mann und drei gemeinsamen Kindern auf einem Hof bei Wangen im Allgäu. Im Lesen und Schreiben findet die gelernte Pädagogin ihre kleinen Auszeiten vom Alltag.

Daniela Alge

Kathrinatag

Kriminalroman

federfrei
www.federfrei.at

1. Auflage
Marchtrenk, 2013
www.federfrei.at

Umschlagabbildung: © lassedesignen, Fotolia
Lektorat: S. Bähr
Satz und Layout: Verlag Federfrei
Druck und Bindung: Finidr s.r.o.

ISBN 978-3-902784-35-3

»Ein Wälderdorf war meine Welt,
wo alter Brauch zum Trutz sich hält… «

Den Bewohnern von Bizau und Umgebung herzlichen Dank für so manche Idee. Sollte aber jemand glauben, Freunde und Bekannte oder gar sich selbst wiederzuerkennen, muss ich ihn (oder sie) enttäuschen: Eventuelle Ähnlichkeiten oder Namensgleichheiten wären unbeabsichtigt. Für die bösen Taten mancher Romanfiguren gibt es nur eine Verantwortliche: die Fantasie der Schreiberin.

Freitagnacht

Nebelschwaden ziehen durch die Baumwipfel.

Die buckligen Fichten stehen starr.

Das letzte nasse Herbstlaub klebt auf dem schmierigen Asphalt. Es riecht entfernt nach frischem Schnee.

Wer summt da?

Eine zauberhafte Melodie.

Ist das nur der Wind?

Er blinzelt, horcht angestrengt in die feuchte Finsternis.

Klack, klack, klack. Flinke, leichte Schritte auf der engen Bergstraße. Und eine unbekannte Melodie.

Die steile Straße führt Kurve um Kurve bergan, begleitet von einer jahrhundertealten Mauer, die den Hang festzuhalten versucht. Links fällt der Abhang tief ins Tal der Bregenzerache. Das Ende des Weges ist in dem Nebel nur zu erahnen.

Er spitzt seine Ohren, blinzelt erneut.

Leises Geraschel in einer Mauerritze. Eine Maus?

Die Schritte kommen näher.

Ein Mädchen. Allein. Einsam am Straßenrand.

Die dunkle Jacke verschmilzt mit der Mauer. Die Knöpfe stehen offen. Trotz der Kälte friert sie nicht. Die gesummte Melodie mischt sich unter das Wispern des Windes. Zielstrebig läuft sie bergwärts.

Er riecht frischen Schweiß, eine Brise Zigarettenrauch, Flieder, Unschuld.

Er spürt Sorge, Müdigkeit, Ärger.

Die langen Strähnen unter der pinkfarbenen Mütze kräuseln sich in der Feuchtigkeit des Nebels.

Sie summt nicht mehr.
Reglos verfolgt er sie mit seinem Blick.
Sie bemerkt ihn nicht.
Gedämpftes Motorengeräusch zerstört die Spannung. Die Nebelschwaden verdichten sich. Zwei verirrte Scheinwerfer finden ihren Weg durch das tote Laub. Das kleine Auto kämpft, leise vor sich hin fluchend, mit der Steigung.
Das Mädchen geht zügig bergauf. Er hört ihr Schnaufen. Sie stützt sich gegen die bröcklige Mauer, kramt mit der rechten Hand in ihrer Tasche. Sie holt ein Papiertaschentuch heraus und tupft sich müde den Schweiß von der Stirn. Sie blickt in seine Richtung. Die alte Fichte verrät ihn nicht. Die Melodie klingt nur noch in ihren Gedanken. Er kann sie erahnen, diese Töne, die der Dunkelheit ihren Schrecken nehmen. Bald werden sie gefangen sein. Gefangen in der Finsternis ihres Bewusstseins.
Das Auto gibt Gas, schaltet einen Gang höher.
Sie lehnt an der Mauer, zerknüllt das Tuch und steckt es in die Jackentasche.
Der Wagen beschleunigt weiter.
Sie bemerkt ihn, seufzt, geht langsam weiter.
Er fährt direkt auf sie zu.
Sie dreht sich um und hebt den Daumen.
Der Wagen wird nicht langsamer.
Sieht der Fahrer sie nicht?
Sie lässt ihre Tasche fallen, winkt verzweifelt.
Er bremst nicht ab.
»Lieber Gott!«
Sie rennt.
Sie rennt um ihr Leben.
Der Wagen ist schneller.
Sie versucht, auf die Mauer zu klettern, findet keinen Halt.
Sie rutscht ab.
Die Scheinwerfer erfassen sie.
Ein Schrei.

Ohne Melodie.
Er schließt seine Augen.
Pechschwarze Stille.
Er spürt Entsetzen, Gänsehaut, Übelkeit.
Der Waldkauz krächzt unbehaglich, spannt seine Flügel und fliegt lautlos bergwärts.
Bald folgt ihm ein kleines Auto.
Schnell.
Viel zu schnell.

Samstag

Waldinger glaubte nicht, dass ihm hier morgens kurz vor fünf jemand entgegenkommen würde. Obwohl die Straße größtenteils einspurig war, stieg er ordentlich aufs Gas.

Nach etwa zehn Minuten passierte er den höchsten Punkt der Bergstraße und fuhr vorsichtig bergab. Die kalte dunkle Nacht und der Nebel waren nicht ungefährlich.

Am Ende einer steilen Geraden sah er einen alten Lieferwagen mitten auf der Straße stehen. Die Alarmblinkanlage leuchtete unregelmäßig. Eine Lampe funktionierte nicht.

Waldinger stellte den Motor ab und stieg aus dem warmen Auto. Er fröstelte. Finster war die Nacht heute.

Er hörte die Sirene des Rettungsautos.

»Gott sei Dank«, dachte er, »die sind in einer Minute da.«

Er zog den Bauch ein und zwängte sich zwischen dem Lieferwagen und der alten Steinmauer hindurch.

Aus dem Inneren tönte Udo Jürgens Stimme: »Es war schon dunkel«. Die Scheinwerfer beleuchteten die Szene am Straßenrand.

Eine schmale Person in einer dicken Daunenjacke kniete am Boden. Der aschblonde Zopf war ein gutes Stück länger als die grüne Mütze und klebte feucht an der Jacke. Ein Hauch von kaltem Rauch und ungeputzten Zähnen umwehte Waldingers Nase: der Fahrer des Lieferwagens.

Waldinger hüstelte, der Mann blickte auf und sagte mit rauer Stimme: »Sie lebt noch.«

Er stand auf, seine Gelenke knacksten, steif trat er einen Schritt zur Seite.

Waldinger ging vorsichtig näher, kniete sich auf den feuchten Asphalt.

Er wagte nicht, sich vorzustellen, was zum Vorschein kommen würde, wenn sie der jungen Frau die Mütze abnehmen mussten. Feuchte Strähnen umrahmten ihr schmutziges, blutverkrustetes Gesicht.

Ihre schwarze Jacke war verrutscht und gab die rechte Hüfte frei. Dort zeichnete sich ein riesiger blauer Fleck ab. Ein Bein schien gebrochen. Waldinger wandte seinen Blick kurz ab, atmete tief ein und berührte vorsichtig ihre Wange.

»Halt durch, Mädchen«, flüsterte er.

Der Rettungswagen quietschte um die Kurve. Der Dienstwagen der Polizeidienststelle Bezau raste mit Blaulicht hinterher.

Waldinger schnaubte geräuschvoll durch die Nase. Das Geblinke kam ihm unnötig vor.

Er hörte die Kirchenglocken aus Schnepfau läuten. Fünf Uhr.

Die Männer vom Roten Kreuz stiegen aus und zogen Einweghandschuhe über.

»Wie sieht's aus?«, fragte der Kleine mit dem dicken Bauch.

»Schlecht, wenn ich mir anschaue, wie blass ihr zwei seid«, gab er sich die Antwort gleich selbst und kniete vor der Verletzten nieder.

Der zweite Ersthelfer machte einen weniger fröhlichen Eindruck und hob entschuldigend die Schultern, bevor er seinen silbernen Koffer öffnete.

Waldinger war nicht zu Scherzen aufgelegt, zwängte sich am Lieferwagen vorbei und holte seine Kamera aus dem Auto.

Er fotografierte die Unfallstelle von allen Seiten.

Er versuchte, für ein weiteres Foto auf die Begrenzungsmauer zu klettern. Diese war kalt und glitschig. Er wischte sich die Finger im Gras ab. Keine Chance.

Er ließ die Männer ihre Arbeit tun und machte sich Notizen. Die Versorgung der Verletzten verwischte viele Unfallspuren. Willi von der Spurensicherung würde nicht erfreut sein. Die zwei Bezauer Gendarmen standen verloren in der Gegend herum.

»Sperrt ihr die Straße ab?«, fragte Waldinger.

Der Schnauzer nickte und öffnete den Kofferraum des Polizeiwagens.

Während die junge Frau Infusionen bekam, ohne das Bewusstsein zu erlangen, traf Waldingers Kollegin Koch ein. Sie wirkte mit ihrem unfrisierten Kurzhaarschnitt recht zerknittert.

»Morgen«, murmelte Waldinger.

»Wer ist sie?«, fragte Koch.

»Keine Ahnung.«

»Glaubst du, sie überlebt das?«

»Ich weiß es nicht. Vielleicht sollten wir anfangen zu beten. Mehr können wir im Moment nicht für sie tun.«

»Während du betest, nehme ich die Aussage dieses jungen Mannes auf«, meinte Koch. Der Fahrer stand mit hängenden Schultern im Scheinwerferlicht. »Stell das Radio aus«, forderte sie. »Wir sind hier nicht auf der Straße nach Mendocino.«

Waldingers Gedanken drehten sich um das Unbegreifliche:

Wer lässt ein schwer verletztes Mädchen am Straßenrand liegen?

Kann es ein Einheimischer gewesen sein? Diese Straße wird nur selten benutzt. Schon seit Jahrzehnten gab es die Umfahrung im Tal, der Bregenzerache entlang. Ortsunkundige würden in der Nacht nicht diese vermeintliche Abkürzung nehmen.

Er versuchte, einen weiteren Blick auf das Mädchen zu werfen.

Wie alt mochte sie sein? Der Kleidung und der zarten Figur nach zu urteilen, war sie noch nicht älter als zwanzig. Eher jünger.

Die zwei Polizisten aus Bezau hatten die Unfallstelle von beiden Seiten gesichert und ließen Streichhölzer aufflammen. Sie lehnten sich an ihren Wagen.

Koch nahm die Personalien des Lieferwagenfahrers auf. Waldinger gesellte sich zu ihnen.

Der Mann versuchte, mit dem Fingernagel des rechten Zeigefingers die restlichen Nägel sauber zu kriegen. Es klappte nicht.

»Wo wolltest du hin?«, fragte Waldinger.
»Ich bringe die Zeitungen in den hinteren Bregenzerwald.«
»Sind auf dieser Straße öfters Fußgänger in der Dunkelheit unterwegs?«
»Nein, ich glaube nicht.«
»Was heißt, glauben?«, fragte Koch.
»Mir ist noch nie einer begegnet. Höchstens ein Hase oder ein Reh oder ein Fuchs.«
»Autos?«, unterbrach Waldinger ihn.
Der Langhaarige gab auf und steckte die Hände in die Jackentaschen.
»Autos, ja, ab und zu. Und sie fahren so schlecht rückwärts. Hier ist es ja zu schmal für zwei.«
»Du rechnest auf dieser Strecke morgens zwischen halb vier und vier mit Gegenverkehr?«, hakte Koch nach.
»Am Wochenende, wenn sie auf der Bundesstraße Alkoholkontrollen machen. Die Polizei, aber das wisst ihr ja.«
»Dann fahren die betrunkenen Idioten über diese enge Bergstraße?«, fragte Koch.
Der Fahrer nickte.
Waldinger kratzte sich am Kinn.
Seine Gedanken behielt er für sich.
»Früher haben wir das auch gemacht.«

Die Sanitäter hoben das Mädchen mit einer Trage in den Rettungswagen. Die pinkfarbene Mütze umrahmte weiter ihr blasses Gesicht.
Der Fahrer legte den Rückwärtsgang ein und fuhr vorsichtig retour. Bei der Ausweichstelle wendete er mit viel Mühe, schaltete das Blaulicht ein und gab Gas.
Kurz darauf parkte ein weiteres Fahrzeug auf der kleinen Ausweichmöglichkeit etwa hundertfünfzig Meter unterhalb der Unfallstelle. Die Scheinwerfer erloschen, der Motor ging aus.
Zwei Türen wurden zugeschlagen.

»Ich denke, da kommen die Kollegen von der Spurensicherung.« Waldinger deutete in den Nebel.

Zwei stumme Gestalten nahmen Konturen an.

»Morgen.« Elke Düringer legte ihren Koffer auf den feuchten Asphalt.

»Scheiß Nebel«, knurrte Willi. »Hat jemand Fotos gemacht?«

Waldinger nickte zögerlich. »Ich weiß nicht, ob du sie brauchen kannst, aber ich habe Skizzen gezeichnet.« Er klopfte auf seine Lederjacke, das rote Notizheft sicher in der Innentasche verwahrt.

Um die Spurensicherung bei ihrer Arbeit nicht zu stören, zogen Waldinger und Koch sich zurück. Schweigend lehnten sie an der alten Steinmauer.

Einer der Polizisten aus Bezau zog eine Schachtel Ernte hervor und bot jedem eine an. Koch zögerte kurz.

»Danke«, sagte sie und ließ sich Feuer geben. Waldinger runzelte die Stirn. Der Rauch stieg in dünnen Fäden auf und verband sich mit dem Nebel.

Martin Willi stellte sich direkt vor einen Scheinwerfer des Lieferwagens und steckte seine Rechte in eine Handtasche mit der Aufschrift »Wälderin«. Er brachte einen abgenutzten Schülerausweis zutage. Diesen reichte er Waldinger kommentarlos und vertiefte sich sogleich wieder in seine Arbeit.

Waldinger trat vor den anderen Scheinwerfer und betrachtete das Foto. »Ein hübsches Mädchen«, dachte er, »sie kommt mir bekannt vor.«

»Ich müsste los«, der Lieferwagenfahrer trat von einem Bein aufs andere. »Die Leute warten nicht gerne auf die Zeitung, die beschweren sich immer, wenn's mal ein paar Minuten später wird.«

»Hast du Namen und Telefon?«, fragte Waldinger Koch.

Sie nickte.

»Dann fahr zu, wir melden uns.«

Waldinger setzte sich in seinen Wagen und zündete das Oberlicht an. Er drehte den Ausweis um:

Judith Gasser, wohnhaft in Schnepfegg 68.

Das musste das Berghaus sein, das einzige ganzjährig bewohnte Haus in der Parzelle Schnepfegg, soweit Waldinger wusste.

Er sah ein anderes Bild vor sich: eine junge Kellnerin in einem modernen Dirndl mit zwei glänzenden Zöpfen, die ihm ein großes Bier an den Tisch brachte. »Zum Wohlsein.«

Das verletzte Mädchen hatte ihm am Sonntag das Bier an den Tisch gebracht. Und er hatte sie nicht gleich erkannt!

Er schluckte trocken, Koch nahm auf der Beifahrerseite Platz.

»Das Mädchen ist siebzehn Jahre alt und wohnt in dem alten Gasthof auf der Anhöhe.« Waldinger deutete bergwärts. »Judith. Judith heißt sie, mit Familiennamen Gasser.«

Koch schaute ihm in die Augen. »Kennst du die Leute? Die sprechen vielleicht lieber mit einem Einheimischen.«

Da hatte sie recht.

»Ok. Wir treffen uns um zehn in meinem Büro. Versuch, Meuse zu erreichen. Wir haben viele Leute zu befragen. Zu zweit schaffen wir das nicht. Und gib Willi Bescheid.« Die zwei Polizisten aus Bezau fuhren los und machten auf der Straße Platz. Koch stieg aus und rief Willi etwas zu, bevor sie zu ihrem eigenen Wagen ging. Im Schritttempo fuhr Waldinger in Richtung Schnepfau. Auf dieser Strecke war das Mädchen entlanggelaufen.

Ob sie keine Angst gehabt hatte, allein durch die Nacht zu gehen? Er bekam beim bloßen Gedanken eine Gänsehaut. Und die verging auch nicht, als er sich vorstellte, jetzt ihrer Familie gegenüberzutreten.

Auf einer schmalen Ausweiche blieb er stehen, zog die Handbremse fest und trank einen Schluck heißen Tee. Der Himmel hellte sich langsam auf. Die Berge nahmen die ihm bekannte Form an. Auf allen, die er sah, war er schon gewesen. Berge, Wandern, ein Landjäger und ein Apfel. Den Hirschberg mochte er besonders. Als junger Bub hatte er auf der Alpe am unteren Hirschberg viele Jahre als Pfister den Sommer verbracht. Er dachte gerne an die Zeit zurück, auch wenn ihn ab und zu das Heimweh überkommen hatte. Er zwang seine Gedanken in eine unerfreulichere

Richtung. Die Eltern auf der Schnepfegg. Er wollte sich die Worte gut überlegen. Aber kam es auf die Wortwahl an? Schlechte Nachrichten waren schlechte Nachrichten. Da konnte er die Worte in Gedanken drehen und wenden, wie er wollte. Immerhin lebte sie. Nur, wie lange noch? Er beeilte sich besser.

Den letzten Schluck Tee schüttete er aus dem Fenster, schloss die Scheibe und vollführte ein aufwendiges Wendemanöver. Nachdem er zum fünften Mal den Rückwärtsgang eingelegt hatte, kam er an der dürren Fichte vorbei und fuhr in Richtung Berghaus.

Er parkte unter einer blattlosen Eiche. Das liegen gebliebene Laub raschelte flüsternd unter seinen Sohlen. Ihm war kalt. Er spürte Schnee in der Luft. Waldinger blickte auf seine Uhr. Halb sieben. Im Gasthaus brannte Licht. Auf dem Parkplatz war es leise, fast zu ruhig, empfand er.

Mit nicht ganz echter Entschlossenheit nahm er die sieben Stufen zur Eingangstür. Die Handtasche in seiner Linken fühlte sich heiß an.

Er klopfte an das Fenster neben der schweren Haustür.

Ein Junge in blauem Pyjama öffnete ihm und schaute ihn fragend an.

»Sind deine Eltern schon auf? Ich bin von der Polizei.«

Der Junge erstarrte in seiner Bewegung, sein Mund blieb offen.

»Wer ist es?«, tönte eine tiefe Stimme aus einem angrenzenden Raum.

»Dominik?«

»Papa. Mama. Polizei!« Er ließ Waldinger stehen und rannte zu seinen Eltern.

Waldinger folgte ihm in die rustikal eingerichtete Bauernstube.

Die Familie saß am Frühstückstisch, nur der Wirt war aufgestanden und kam auf ihn zu. Der Junge setzte sich auf seinen Platz neben seinen Brüdern. Der Geruch nach heißem, starkem Filterkaffee durchströmte den Raum. Im Kachelofen knisterte trockenes Holz.

Ein Gedeck war unbenutzt, ein Platz auf der Eckbank leer.

»Waldinger?«, fragte der Mann ungläubig.

»Um Himmels willen!«, entfuhr es der Mutter, die ihren Blick nicht mehr von der Tasche lösen konnte.

»Ist etwas mit Judith?«, fragte gleichzeitig der Vater und schaute auf den sauberen Teller.

»Ja, es tut mir leid.«

Waldinger räusperte sich und nahm die Tasche in die andere Hand.

»Sie hatte einen Unfall. Sie ist schwer verletzt und mit dem Rettungswagen unterwegs ins Unfallkrankenhaus nach Bregenz.«

Die Mutter schluchzte auf und verbarg ihr Gesicht in den Händen.

»Was ist mit Marina und dem Jungen? Sie waren doch zu dritt im Auto?«, fragte der Vater nach.

»Ich weiß nicht. Es scheint, dass sie zu Fuß auf dem Weg hierher war und angefahren wurde.«

»Zu Fuß? Warum hat sie nicht angerufen?« Die tiefe Stimme klang jetzt verängstigt.

Die drei Brüder saßen stumm am Tisch.

Der Jüngste schaute mit großen Augen um sich, Speichel tropfte auf sein Batman-Shirt. Er stand auf und verkroch sich unter die Ofenbank.

»Es tut mir leid!«, wiederholte Waldinger.

»Wer war es?«, fragte der Vater. »Wer hat unsere Judith angefahren?«

»Wir wissen es nicht. Der Zeitungsausfahrer hat sie gefunden.«

»Fahrerflucht?«, fragte die Mutter heiser.

»In Schnepfau?«

»Sieht so aus.« Waldinger blickte unangenehm berührt zu Boden. Er konnte es selbst nicht glauben.

Der Vater setzte sich auf seinen Stuhl, faltete die Hände zusammen und ließ seine Stirn darauf sinken.

Alle saßen vor ihren vollen Tassen.

Der Kaffee dampfte nicht mehr.

In der neuen Bäckerei im Ort holte Waldinger frische Dinkelsemmel und fuhr nach Hause. Ein halbe Stunde am Frühstückstisch war zeitlich noch drin, bevor er sich auf den Weg nach Bregenz machen musste.

Sein Appetit war irgendwo zwischen Schnepfau und Bizau liegengeblieben. Der Anblick der verzweifelten Familie lag ihm drückend im Magen.

Helga schenkte ihm Tee in seine henkellose Tasse und drängte: »Jetzt erzähl halt.«

Er nahm einen großen Schluck.

»Das Mädchen vom Berghaus ist heute Nacht angefahren worden. Sie war zu Fuß unterwegs, der Zeitungsausfahrer hat sie gefunden. Sie hat's schlimm erwischt.«

»Oh, mein Gott. Das klingt ja furchtbar, das tut mir leid«, bemerkte sie bekümmert. »Die armen Eltern. Warst du bei ihnen? Wie haben sie's aufgenommen? Iss was, hier, Honig von Annelies.« Sie schob ihm ein großes Honigglas zu. Den gab's nur am Wochenende. Waldinger liebte ihn, aber heute schüttelte er den Kopf.

»Sie sind alle zusammen sofort ins Spital gefahren.«

»Sie wird doch wieder gesund?«, fragte Helga besorgt nach.

»Wir können nur hoffen.«

»Wer ist der Unfallfahrer? Ein Bizauer?«

»Wir wissen es nicht. Fahrerflucht, und das bei uns.«

»Das gibt es nicht. Das ist ja wie im Film. Glaubst du, ein Einheimischer? Wirst du ihn finden?«

»Ich werde erst aufhören zu suchen, wenn ich den feigen Hund erwischt habe. Du kennst mich. Das ist das Wenigste, was ich für Gassers tun kann.«

Leise sagte Helga: »Das heißt Wochenendschicht? Und das versprochene Tannenreisig?«

»Sapperlot, die katholischen Damen wollten heute Abend Adventkränze binden und morgen nach der Kirche verkaufen. Gutmütiger Trottel«, schimpfte er sich innerlich, »wieso kann ich zu

Helga nie Nein sagen?«

»Keine Sorge, das krieg ich hin.«

Er kam zu spät. Kilometer für Kilometer zockelte er hinter einem stinkenden Fernreisebus aus Holland her. Kurz nach Alberschwende überholte er auf wenig polizistenhafte Art und stieg zufrieden aufs Gaspedal. Seine Gedanken drehten sich um die Radar-Box beim Tunnelportal, als er die rote Ampel entdeckte. Statt auf sechzig zu reduzieren, legte er eine Vollbremsung hin, die bis Schwarzach zu hören war.

Kurz überlegte er, das Signal zu ignorieren. Er war noch nie der Erste an einer roten Ampel gewesen. Doch er sah keinen Wagen vor sich und wusste nicht, wie lange das rote Licht bereits leuchtete.

»Was ist da los?« Er suchte die Verkehrsnachrichten im Radio. Im Rückspiegel sah er einen großen Blonden grinsen. »Scheiß Busfahrer!«

Die Ampel blieb rot. Der Radioempfang war miserabel.

Er stieg aus. Die Kolonne hinter den Holländern wurde immer länger. Fünfzig graue Nasen drückten sich am Busfenster platt. Der Chauffeur erhob sich aus seinem Sitz. Schnell stieg Waldinger ins Auto und startete, lange konnte es nicht mehr dauern. »Komm schon«, flehte er die Ampel an. Da klopfte der Hüne an sein Fenster. Widerwillig ließ er es aufgleiten, behielt mit einem Auge aber die Ampel im Blick.

»Was ist denn los. Wieso wird es nicht grün?«, fragte der Flachländer, um schönes Deutsch bemüht.

»Keine Ahnung, ich bin doch nicht von der Polizei.«

Der Blonde lachte und zeigte Waldinger seine Weisheitszähne.

»Ja, immer mit Humor. Ick muss heute noch nach Netherlands.«

Jemand hupte. Grün.

Waldinger ließ die Kupplung springen und verschwand im Tunnel. Einmal auf die Uhranzeige schielen reichte, er würde es nicht mehr pünktlich schaffen. Er hasste es, zu spät zu kommen. Üblicherweise war er es, der seine Mitarbeiter mit vernichtenden Blicken strafte, wenn sie es nicht rechtzeitig zu einer Sitzung schafften.

Kurz nach zehn betrat er das Büro, zog die Jacke aus und brummte: »Ich bin da. Es kann losgehen.« Willi, Koch und Meuse warfen sich vielsagende Blicke zu, aber keiner sagte etwas.

Während er sich in seinen Stuhl fallen ließ, klopfte Willi mit dem Daumen auf die abgenutzte Tischplatte. Er hielt sich nicht mit langen Vorreden auf und kam gleich zur Sache.

»Wir haben Teile der Stoßstange, Lacksplitter und Scherben des Scheinwerfers eingetütet.«

»Welche Farbe hatte das Auto?«, fragte Meuse.

»Das dürfte kaum Anlass zur Freude geben. Leider war es nicht gelb wie dein Schlitten, sondern silberfarben wie mindestens fünfundneunzig Prozent aller Autos heutzutage. Die Tüftler können euch die Automarke und das Baujahr bestimmen, wenn auch nicht vor Montag. Die verehrten Kollegen genießen das Wochenende.«

»Wir suchen nach einem silbernen Wagen, was wissen wir sonst noch? Lässt sich die Tatzeit einschränken?«, fragte Koch.

»Der Anruf in der Notzentrale in Feldkirch erfolgte um 4.28 Uhr. Diese verständigten die Polizeizentrale um 4.30 Uhr. Direkt darauf wurde ich geweckt, weil jemand in der Zentrale wusste, dass ich in der Nähe der Unfallstelle zu Hause bin«, führte Waldinger aus.

»Ich war kurz vor fünf vor Ort.«

»Der Unfall ist also vor halb fünf letzte Nacht passiert«, fasste Koch zusammen. »Können wir den frühesten möglichen Zeitpunkt eingrenzen?«

Schulterzucken und Kopfschütteln.

Waldinger erklärte: »Ich werde die Eltern heute noch ausführlicher befragen. Am Morgen standen sie unter Schock und wollten sofort zu Judith ins Krankenhaus. Ich weiß nicht, woher sie kam und warum sie zu Fuß auf dem Weg war. Der Vater dachte, sie würde von einem Bekannten nach Hause gefahren. Der Sache muss ich nachgehen.«

»Ich glaube nicht, dass sie das geplant hatte«, warf Willi ein. »Sie war dunkel gekleidet, abgesehen von der pinken Mütze.«

»Sie war doch bergwärts unterwegs, ist das sicher?«, hakte Waldinger nach.

»Ich denke, ja«, nickte Willi. »Lass mich die Fotos sehen.«

Umständlich steckte Waldinger die Karte aus seiner Kamera in den PC.

»Wer mag Kaffee? Alle?«, fragte Koch und machte sich auf den Weg zum Automaten im Treppenhaus.

»Heute schwarz!«, rief Meuse ihr hinterher.

Es dauerte, bis der Computer ein paar Bilder auf den Schirm zauberte.

»Viel ist hier nicht zu erkennen«, murrte Willi. »Novembernebel und Nacht.«

»Alle schwarz«, sagte Koch, »das weiße Pulver ist fertig.« Sie stellte die braunen Becher vorsichtig auf den Tisch. Obwohl sie für jeden Kaffee drei Stück gezogen hatte, war ihr die heiße Brühe über die Finger geschwappt.

»Besser zweimal laufen«, grinste Meuse.

»Besser selber holen«, konterte sie und suchte nach einem Papiertuch.

»Wo beginnen wir?«, fragte Meuse mit wenig Begeisterung in der Stimme. »Sieht mir nach Klinkenputzen aus.«

»Ja. Anrainerbefragung in Schnepfau. Wir gehen alle Häuser durch, die in der Nähe der Schnepfeggerstraße stehen. Vielleicht hat jemand was mitgekriegt. Ich werde mich mit der Familie von Judith unterhalten, hoffentlich bekommen wir da einen Anhaltspunkt. Bevor wir uns trennen, schauen wir uns gemeinsam die Unfallstelle bei Tageslicht an, das kann nicht schaden.«

Auf dem Weg in den Bregenzerwald hielten sie an der Tankstelle in Alberschwende und holten sich Leberkäse und Apfelspritzer.

»Tolles Menü, ich wollte heute Gnocchi mit Shrimps in Spinatsauce kochen«, sagte Koch kauend.

»Da ist mir ein Leberkäs-Semmel lieber«, dachte Waldinger sich und wischte ein paar Brösel von seiner Jacke.

Mehrere Fahrzeuge und mindestens zwanzig Personen blockierten die Straße. Waldingers blaue Adern an den Schläfen pochten schneller. Koch legte ihm beruhigend eine Hand auf den Unterarm: »Lass uns zuhören.«

Vorsichtig zwängten sie sich an den Wagen vorbei und blieben hinter einem roten Traktor stehen.

»Ein Steyr aus Vorkriegsjahren«, flüsterte Meuse und spähte neugierig auf den Kilometerstand.

»Psst!«, entfuhr es Waldinger scharf.

»Sie ist schwerst verletzt, in Lebensgefahr, hat Johann z'Mittag erzählt«, berichtete eine Frau.

Ein alter Mann widersprach ihr: »Ich hab gehört, sie wäre fast noch auf der Straße gestorben.«

Mehrere Stimmen mischten sich ein.

»Ich hab die Blaulichter gesehen. Wenn sie schon tot gewesen wäre, hätten sie sich die erspart.«

»Wie kann das denn passiert sein?«, warf eine kleine Rothaarige unsicher ein.

»Ein illegales Autorennen«, vermutete eine resolute Rentnerin mit befehlsgewohnter Stimme. »Das veranstalten die hier ständig.«

»Oder ein besoffener Türke!«, ereiferte sich eine geschminkte Zwanzigjährige.

»Hör auf, es kann auch ein Einheimischer gewesen sein«, mischte ihr Begleiter sich ein.

Empört richteten sich alle Augen und Drohfinger auf sein markantes Kinn.

»Nie und nimmer.«

»Halt den Schnabel!«

»Wie kannst du es wagen?«

»Zugraster!«

»Einer von uns hätt sie nicht liegen lassen.«

»Das kann nur ein Auswärtiger gewesen sein.«

Der junge Mann hob beide Handflächen auf Kopfhöhe.

»Schon gut, sag ja scho nix mehr.«

»Was soll das?«, fragte Waldinger laut und trat hinter dem Traktor hervor.

»Hier gibt's nichts mehr zu sehen. Streiten könnt ihr woanders. Hat einer von euch in der Nacht etwas gesehen oder gehört?«

Keiner rührte sich. Stille senkte sich über den Unfallort.

»Nehmt alle Personalien auf«, forderte er Koch und Meuse auf, die neben ihn traten, »und schaut zu, dass die Straße wieder befahrbar wird!«

»Wieso braucht ihr unsere Namen?«, entrüstete sich eine vollbusige Oma, die Waldinger noch nie leiden konnte. »Wir haben Judith nicht zu Tode gefahren!«

»Wer ist tot?«, fragte er scharf. »Niemand! Noch nicht, also hört auf, so einen Schmarren zu erzählen. Verstanden?!« Das letzte Wort brüllte er. »Alte Tratsche«, murmelte er in sein unrasiertes Kinn.

Sie kapierten, gaben ihre Adressen und Telefonnummern an und verzogen sich in ihre Gefährte.

Es dauerte eine knappe Stunde, bis die Straße frei war.

»Kaum zu glauben!« Meuse schüttelte den Kopf.

»So was habe ich ja noch nie erlebt, das gibt's wohl nur im Ländle. In Linz gab's so was jedenfalls nie«, Koch zog eine volle Schachtel Ernte aus ihrer Jackentasche.

Auf Waldingers irritierten Blick hin murmelte sie: »Nur für Notfälle wie diesen«, und zündete sich eine Zigarette an. Waldinger dachte an die Baldriantropfen in seinem Handschuhfach. Er atmete dreimal tief durch, das musste reichen.

Die aufgesprühten Linien auf dem grauen Asphalt leuchteten in der Sonne.

»Ihre Handtasche lag weit von ihr entfernt. Was hat das zu bedeuten?«, wunderte Koch sich.

»Sag du uns das. Du bist eine Frau«, spottete Meuse.

Waldinger hantierte mit der Kamera.

»Wir warten am besten auf den Bericht der Spurensicherung, hier ist nichts mehr zu finden nach diesem Menschauflauf. Ich fahre zum Berghaus.«

»Ok. Wir gehen klingeln.« Kochs Motivation schien gering.

Waldinger nickte. »Wir sehen uns im Büro.«

Auf dem Weg den Berg hinauf kam ihm ein Fahrzeug entgegen. Ein schwarzer tiefergelegter Honda. Der junge Lenker legte den Rückwärtsgang ein und fuhr unsicher zurück zu einer Ausweiche. Waldinger gab Gas und streckte die linke Hand aus dem Fenster. Danke. Da erkannte er den Fahrer. Der Sohn des Bürgermeisters. Er nahm den Fuß vom Gaspedal, zog die Handbremse fest und wartete, bis der andere die Scheibe herunterließ.

»Servus, Michl! Was machst?«

»Ah, Reinhold, servus. Eng hier, zum Glück nicht viel Verkehr.«

»Willst dir die Unfallstelle anschauen?«

»Unfallstelle? Ne, ne. Muss nach Au. Hab gestern meine Jacke liegen gelassen.«

»Bei der Kälte? Warst auf dem Kathrinatag?«

»An Sprung. Da war ja die Hölle los.«

»Wie geht's Luis?«

»Nicht so besonders. Er bleibt wohl noch eine Weile in Rankweil.«

»Und wie geht's deiner Mutter dabei?«

»Auch nicht so besonders. Die zerbricht sich schon den Kopf, was er arbeiten könnte, wenn er wieder gesund wird.«

»Wieso?«

»Als Bürgermeister will ihn dann sicher niemand mehr. Die Leute glauben ja gleich, man sei nicht mehr richtig im Kopf. Dabei sind's nur die Nerven.«

Waldinger war ratlos. Welche Worte waren auf diese Wahrheit hin angebracht?

»Na, dann mach's gut und grüß Luis und Ruth.«

Er löste die Bremse und fuhr langsam um die letzten drei Kurven, bevor er auf den Parkplatz beim Berghaus einbog.

Ein junges Paar mit zwei kleinen Buben wunderte sich über den Ruhetag. Waldinger stellte sich abseits und gab vor, sich für das Bergpanorama zu interessieren. Die Garagentür stand offen. Ein Toyota Verso zeugte davon, dass die Familie nicht mehr im Krankenhaus war.

»Ich will ein Eis!«

»Es ist viel zu kalt für Eis. Es ist fast Dezember, und auf der Kanisfluh liegt Schnee.«

Das riesige Nordmassiv des Schnepfauer Hausbergs wirkte bei schlechtem Wetter oft bedrohlich. Im Sonnenschein mit angezuckerter Mütze wie heute erweckte es einen idyllischen Eindruck.

Dezember. Waldinger erinnerte sich an das versprochene Tannenreisig. »Verflixt aber auch.«

Als die ganze Familie angeschnallt im Wagen saß und losfuhr, schritt Waldinger zum zweiten Mal für heute in Richtung Eingangstür. Die Tür ließ sich öffnen, obwohl das Schild »Ruhetag« die potenziellen Gäste davon abhalten sollte. Geräuschvoll ging er über die blanken Dielen im Eingangsbereich. Auf dem roten Teppich vor dem Empfangstisch blieb er stehen und räusperte sich.

Der Speisesaal war gemütlich eingedeckt. Die Gestecke aus grünem, frischem Moos und den rosafarbenen Erikazweigen verbreiteten herbstliche, ja, vorweihnachtliche Stimmung.

Neue Kerzen auf den Tischen. Keine brannte.

Waldinger blickte zum Stammtisch. Ein riesiger Aschenbecher aus schwerem Metall, eine alte Schiefertafel mit Kreidestummeln und etliche Päckchen Jasskarten mit »Egger Bier«-Werbung warteten heute vergebens auf die Schnepfauer Bauern.

Schritte auf der Treppe rissen ihn aus seinen Gedanken. Es war einer von Judiths Brüdern.

»Wir haben zu«, sagte er.
Waldinger drehte sich zu ihm um. »Ich bin von der Polizei. Ich war heute Morgen schon da.«
»Tschuldigung«, stammelte der Junge, die Ohren leuchteten rot, und wischte die sauberen Hände an seiner Jeans ab.
»Wie heißt du?«
»Dominik.«
»Und wie alt bist du?«
»Fast zehn.«
Sie gingen die knarrende Holztreppe hoch, und der Junge öffnete die Tür zu ihrem privaten Wohnzimmer. Es gab nur einen niedrigen Couchtisch. Sie aßen wohl immer unten in der alten Stube, wo er sie beim Frühstück gestört hatte. Auf der krümeligen Glasplatte stand eine große weiße Kerze. Sie brannte.
Die Mutter lag mit hohen Stiefeln an den Füßen auf der abgewetzten braunen Ledercouch und rauchte.
»Wie geht es Judith?«, fragte Waldinger.
Die Luft war warm und verbraucht. Der Vater erhob sich mühsam aus einem Sessel. Er schüttelte seine zu langen Haare. Waldinger kannte ihn als geselligen Musikanten, einen Wirt der alten Schule. »Was trinkst du?«, fragte er.
»Einen Most, gern«, antwortete Waldinger mit Blick auf den Krug auf der Anrichte. Herr Gasser schenkte ihm ein großes Glas ein.
»Es geht ihr gar nicht gut. Verbände, Pflaster, Schläuche und Maschinen. Von Judith haben wir nichts gesehen«, seufzte er.
»Die Ärzte meinen, sie hätte Glück gehabt, aber ich habe die Nähe des Todes gespürt.«
»Albert, sprich nicht vom Tod. Judith lebt!«, begehrte die Mutter kurz auf.
»Ich weiß, Petra«, flüsterte er.
Waldinger nahm einen großen Schluck.
Der Älteste der Jungen saß auf der breiten Fensterbank und beobachtete ein Eichhörnchen am nahen Nussbaum. Dominik und

der Kleine saßen auf bunten Kissen auf dem Boden und blickten in den Fernseher, Tom und Jerry, lautlos.

»Ich habe sie nach Schnepfau gefahren«, fuhr der Vater fort. Er nahm einen Schluck aus seinem halb vollen Glas. »Sie wollte mit Marina auf den Kathrinatag nach Au. An der Bushaltestelle stieg sie aus. Marinas Cousin würde sie heimfahren, sagte sie mir. Sie werden die beiden fragen müssen, was los war. Ich habe versucht, Marina zu erreichen, aber sie geht nicht ans Telefon. Ich kann dir erklären, wo sie wohnt.«

Er öffnete die Schiebetür zur kleinen Einbauküche und stützte sich dort auf das Fensterbrett. Waldinger folgte ihm.

Der Ausblick zeigte ein großartiges Panorama in Richtung Hinterwald. Die Auer Kirche zog Waldingers Blick auf sich, umrahmt von steilen Bergen. Es war ihm noch nie aufgefallen, dass man die Kirche von der Schnepfegg aus sehen konnte. Der Wirt senkte seine Stimme. »Ich würde sie gerne selber fragen, aber ich kann meine Kinder und vor allem meine Frau heute nicht alleine lassen. Es hat sie ziemlich mitgenommen. Es ist das große Bauernhaus auf der rechten Seite, gleich unten, wenn's eben wird.«

»Mit dem faulen Hund auf dem Vorplatz?«

»Genau. Der alte Sack ist schon fast zwanzig.«

»Ging Judith öfters am Wochenende mit Freunden aus?«

»Nein. Meistens bediente sie in der Wirtschaft. Auch gestern war sie eingeteilt, aber eine holländische Busgruppe hatte kurzfristig abgesagt. Ich bin schuld. Ich selber habe ihr angeboten, sie ins Dorf zu fahren. Ich wusste, dass sie gerne nach Au wollte. Kathrinatag. Das war für uns früher auch ein Pflichttermin. Ich hätte ihr einen schönen Abend mit Freunden gegönnt. Hätte ich doch nichts gesagt!«

»Kennst du diesen Cousin von Marina?«

»Nein, aber Marina kommt aus einer ordentlichen Familie.«

Waldinger trank das Glas leer und stellte es auf das Fensterbrett.

»Danke für den Most. Ich finde alleine hinaus.«

Koch und Meuse stellten sich vor. Unnötigerweise. Der Hahn schien es von den Dächern gekräht zu haben. Die Kriminalpolizei war in Schnepfau unterwegs.

Die schmalen Hände nestelten an den Knöpfen der blauen Mantelschürze. Schließlich reichte sie ihnen ihre kalten Finger.

»Kommen S' herein. Ich hab Apfelbrot gebacken. Meine Spezialität. Leider gab es dieses Jahr nicht so viele Äpfel. Ein Sturm im Mai. Sie haben Glück, ist das Letzte für heuer. Lassen S' die Schuhe nur an. Kommen S' rein.«

Die grauen Strähnen waren am Hinterkopf verknotet. Die dürren Beine steckten in geflickten Wollsocken und flachen Holzpantoffeln.

Sie putzten ihre Schuhe auf dem Abstreifer mit dem Porträt einer Katze und traten in die gute Stube. Es roch wunderbar. Die Kaffeemaschine lief, anscheinend hatte die Bauersfrau mit Besuch gerechnet. Kochs Magen knurrte unhöflich.

»Nehmen S' Platz, da auf der Eckbank. Ich bring Eahnen was zu trinken mit. Möchten Sie a Schnäpsle?« Koch verneinte und schob vorsichtig das Kissen mit der schnurrenden Katze ein wenig zur Seite, um sich setzen zu können.

Die alte Frau servierte das lauwarme Apfelbrot auf einem weißen Teller mit blauem Rand. Sie hatte für jeden von ihnen zwei Scheiben fingerdick mit Butter bestrichen. Diese tropfte zügig davon. Im Kachelofen knisterte es.

»Danke, das sieht ja lecker aus«, sagte Koch ehrlich. Meuse schob den Teller in die Tischmitte und zog seine Jacke aus. »Danke, wirklich nett, aber ich habe keinen Hunger.«

Mit flinken Fingern griff die Frau sich seinen Teller und steckte sich ein Stück in ihren zahnlosen Mund. »Der Kaffee isch glei fertig«, meinte sie kauend und schlurfte durch die niedere Tür in die Küche.

Koch leckte sich die einzelnen Finger ab und holte ein Papiertuch aus ihrer Tasche.

»Du hast was verpasst.«

»Fettfinger.«

Die kleine Milchkanne passte zu den Tellern und Tassen.

»Leider keine Milch von unseren Kühen, alle verkauft, der Junge wollt kein Bauer sein«, seufzte die Frau und setzte sich auf den einzigen Stuhl am runden Tisch.

»Wir kommen wegen dem Unfall letzte Nacht«, begann Meuse. »Sie haben davon gehört?«

»Fürchtig, fürchtig, a schlimme Gschicht. Haben S' schon was rausgfunden?«

Koch lächelte. »Wir wollten Sie fragen, ob Ihnen etwas aufgefallen ist. Ihr Haus liegt ja direkt an der Straße.«

»Jau. Jau. Dau ischt viel los gsin, letzt Naht. Ich meine, da war viel los, die letzte Nacht. Kathrinamarkt, Besoffene, hier erwischens niemand. Hier stehens nie.«

»Wen?«, warf Koch ein.

»Vorstond Si mi, Si sand ned vo dau?«

»Aus Linz. Ich versteh Sie schon, aber wen erwischens nicht?«

»Die Betrunkenen fahren immer über die Schnepfegg, weil in Mellau draußen stehen sie gern mit den Blasrohren, Sie wissen schon. Und gestern waren jede Menge Autos unterwegs. Ich schlaf ja nicht mehr so gut, bin halt scho über achtzig, da hört ma viel. Alle Viertelstund ist eins vorbeigfahrn!«

»Irgendwas Besonderes?«, fragte Meuse weiter.

»Streit«, sagte die Frau zufrieden, tunkte einen Würfelzucker in ihren Kaffee und lutschte ihn.

Koch trank ihre Tasse leer und wartete auf eine Erklärung.

Meuse massierte seine Nasenwurzel, die Katze sprang auf den Boden und stolzierte zur Ofenbank.

»Streit?«, fragte Koch.

»Draußen. Muss auf dem Wendeplatz gsin sin. Musik, laute Stimmen und Türenknallen. Umma halbe viere rum, odr so. Und dann Vollgas, abwärts.«

»Das klingt ja interessant«, schmeichelte Koch. »Sie wissen nicht zufällig, wer da gestritten hat?«

Die Frau verzog ihre freundliche Miene. »Das werden S' schon selbst rausfinden müssen, und jetzt muss ich Sie leider verabschieden. Minn Bub holt mi glei, i geh zum Schmuck zum Jassen.«

»Danke für das Apfelbrot und den Kaffee, vielleicht müssen wir nochmals vorbeikommen, aber für heute wünsch ich Ihnen viele Trümpfe.«

Koch trat aus dem niedrigen Zimmer ins Freie, Meuse folgte ihr.

»Hast du verstanden, was die gesagt hat?«, fragte Meuse. »Da hatte ja ich als Ländlar schon Schwierigkeiten.«

»Klar, sie hat sich doch so bemüht, nach der Schrift zu sprechen, immer ist es ihr halt nicht gelungen«, amüsierte Koch sich.

Der Hund hob nur müde ein Augenlid, als Waldinger aus seinem Kadett stieg. Eine hagere Frau versuchte, mit einem Strohbesen auch die allerletzten Blätter vom Vorplatz zu fegen. Mit ihrem Fuß schubste sie den Kehricht in einen Gulli und wandte sich Waldinger zu.

»Grüß Gott«, grüßte Waldinger und ging auf sie zu. Mit verkniffenem Mund antwortete sie: »Grüß dich.«

»Nützt noch die letzten halbwegs warmen Tage? Aber ist eh schon alles sauber.« Waldinger blickte anerkennend um sich.

»Mir mögen's ordentlich.«

»Ist Marina da?«

Sie fand noch ein welkes Blatt auf dem Boden und hob es schnell auf.

»Warum?«

»Du hast doch von Judith gehört, oder? Marina ist ihre Freundin, ich hätt halt gern mit ihr gesprochen.«

»Die ist heut nicht da, nein. Am Samstag geht sie immer auf den Markt.«

»Wohin?«

»Käse verkaufen, ins Allgäu hinaus.«

»Vom Schnepfauer Sennhaus? Das glaub ich, dass die Deutschen den mögen, ist ja wirklich der Beste.«

»Nee, Alpkäse vom Felder, aber morgen ist sie daheim.«

»Dann komm ich gegen elf, oder ich schick jemanden vorbei. Schaust, dass sie da ist, bitte.«

Die Frau zuckte die Schultern, ließ das zerbröselte Blatt fallen und kehrte es auf die Straße hinaus.

Der Hund schaute Waldinger gelangweilt hinterher.

Dominik ging in sein Zimmer. Über die Bettwäsche brausten rote Ferraris. Judith hatte sie ihm zum achten Geburtstag geschenkt. An der Wand darüber hingen Poster. Das von Gregor Schlierenzauer mochte er am liebsten. Auf dem Schreibtisch lagen Schulhefte. Er sollte noch Hausaufgaben machen. Rechnen. Allein mochte er nicht. Oft hatte Judith ihm geholfen.

Die Tür ging auf. David kam in ihr gemeinsames Zimmer. Er trug ein ausgeleiertes Unterhemd, und seine große Zehe spitzelte aus einem Loch in der Strumpfhose. David setzte sich in den grauen Sitzsack und vergrub das Gesicht in seiner Kuscheldecke. Dominik schluckte seine Tränen hinunter, legte sich auf die roten Ferraris und blickte an die Decke. Er zählte die Astlöcher im Holz, bis er das Gefühl hatte, seine Stimme würde nicht weinen.

»Weißt du, Judith bleibt ein paar Tage im Krankenhaus. Du hast sie ja auch gesehen. Es geht ihr nicht gut. Aber sie wird wieder gesund. Ganz sicher. Judith wird immer wieder gesund. Wir müssen fest an sie denken. Und beten, hat Papa gesagt. Jeden Tag. Ganz oft. Das hilft ihr. Sie hat einen Unfall gehabt. Mitten in der Nacht. Da war es ganz dunkel. Der Fahrer hat sie nicht gesehen. Vielleicht hat er geglaubt, ein Reh. Oder ein Hirsch. Oder ein Fuchs. Weil es war ganz dunkel. Mit Sirene ist sie ins Spital gekommen. Und liegt im weißen Bett. Aber sie mag doch Pferde. Sie mag sicher lieber ihr eigenes Bett.«

David wiegte seinen Oberkörper hin und her. Dominik redete weiter: »Ich werde ihr die Bücher bringen. Sie will doch die Führerscheinprüfung machen. Sie hat gesagt, sie muss noch viel lernen. Es ist schwierig. Sie braucht ihre Lernsachen. Ich bring sie ihr morgen. Wenn sie eh im Bett bleiben muss. Lernen kann sie bestimmt. Hoffentlich kann sie bald aufstehen. Sie will mit mir Schi fahren. Bald ist Winter. Wir haben doch Karten gekauft. Die sind teuer gewesen. Die müssen wir doch verbrauchen. Gleich am ersten Tag wollen wir gehen. Wenn es Schnee hat. Wenn die Lifte fahren. Und gleich die Schwarze runter, beim Hasenbühl. Das hat sie mir versprochen. Du hast im Spital Judith gar nicht angeschaut. Du hast nur die Maschinen angeschaut. Du immer mit deinen Maschinen. Judith ist wichtiger. Sie ist doch unsre Schwester. Und die Krankenschwester hat dir alles erklärt. Die hat sicher geglaubt, du kapierst das nicht. Du bist viel schlauer als die meisten. Aber jetzt müssen wir beten. Dass Judith wieder gesund wird.«

Er faltete seine Hände. »Lieber Jesus, mach sie wieder gesund. Ich bin dann immer brav. Ich ärgere Judith nie mehr und folge der Mama immer. Mach sie ganz schnell gesund. Danke. Amen.«

Als Waldinger im Präsidium ankam, dämmerte es. Der Feierabendverkehr hatte wie üblich ganz Bregenz verstopft. Eigentlich hätte die zweite Pfänderröhre spürbare Entlastung bringen sollen, doch die Verkehrsprobleme in der Stadt hatten sich dadurch sogar noch verstärkt. Durch die Abschaffung der Korridorvignette nahmen noch mehr Durchreisende den billigeren Weg durch Bregenz.

Er fand Meuse und Koch in deren gemeinsamem Büro. Langsam nahm Meuse seine Füße vom Tisch.

»Wir sollten unser Büro in den Bregenzerwald verlegen«, sagte Waldinger.

»Oder an Samstagen nicht arbeiten«, fügte Meuse an und schaute demonstrativ auf seine klobige Designeruhr.

»Ist Beatrice schon wieder sauer?«, frotzelte Koch.

»Na, dein Hofer wird vor Freude auch nicht außer sich sein«, konterte Meuse.

»Dazu muss ich mich nun wirklich nicht durch den Stau quälen«, sagte Waldinger und zog sein rotes Buch aus der Lederjacke. Die Jacke behielt er gleich an. Anscheinend wurde neuerdings samstags nicht mehr geheizt.

»Lasst uns zur Sache kommen, ich soll noch bei einem Christbaumplatz vorbei.«

»Christbäume im November?« Koch blickte zweifelnd zu ihrem Chef.

»Was ergab eure Befragung? Waren denn ein paar Leute zu Hause?«

»Ja, fleißige Leute, diese Schnepfauer, nur nicht besonders gesprächig, hatte ich den Eindruck.«

Meuse räusperte sich und zog seine Notizen hervor.

»Mehrere Personen haben ausgesagt, dass in dieser Nacht viel Verkehr war. Zeitangaben waren verständlicherweise schwierig und Farben unmöglich. Anscheinend haben wir es mit einer besonders dunklen Nacht zu tun.«

»Nichts von Interesse?«, fragte Waldinger müde.

»Doch.« Koch zog ebenfalls ein paar Notizen aus ihrer Tasche. »Frau Beer wohnt direkt an einem Wendeplatz. Sie will mitten in der Nacht einen Streit gehört haben, laute Musik von einem Autoradio und heftiges Türenzuknallen.«

»Um welche Uhrzeit?«

»Das weiß sie leider nicht genau, sie schätzt um halb vier herum.«

»Na, immerhin etwas. Der Sache werden wir nachgehen müssen, aber nicht mehr heute. Ich muss noch kurz an den Schreibtisch. Wir treffen uns morgen um neun.«

Koch und Meuse nickten. Meuse verzog keine Miene, erst als Waldinger sich umdrehte, schnitt er eine ärgerliche Grimasse.

Als Waldinger auf den Parkplatz vor dem Christbaumwald einbog, war er froh, dass es bereits dunkel war. Er zog sich seine Mütze tiefer ins Gesicht und suchte einen Verkäufer. Der war damit beschäftigt, mit einer Motorsäge die Stämme der Bäume zuzuspitzen, damit er sie auf dem Platz aufstellen konnte. Waldinger wartete neben einer Palette eingenetzter Bäume, bis der Holzfällertyp ihn bemerkte und die dröhnende Säge abstellte. Seinem Lächeln nach freute er sich schon darauf, den ersten Christbaum der Saison zu verkaufen.

»Suchen Sie eine schöne Nordmanntanne für Ihr Geschäft oder eine Fichte für den Garten?«, fragte er und zeigte auf die rechte Seite des Platzes, wo er begonnen hatte, die Bäume aufzustellen. »Wie groß darf er sein? Der Preis kommt auf die Höhe an. Die Latte ist noch vom letzten Jahr, wir sind nicht teurer geworden, die Bäume meine ich. Blaufichten haben wir besonders schöne …«, redete er weiter, während er auf die größten Nordmanntannen zuging.

Waldinger blieb stehen. Das, was er brauchte, lag vor seinen Füßen. Reisig in allen Varianten. Er kaufte doch nicht Ende November einen Christbaum, es hatte ja noch nicht mal geschneit. Er bückte sich und suchte sich einige besonders schöne Äste heraus.

Der Verkäufer kam zurück. »Warum sagen S' denn nicht gleich, dass Sie nur Äste wollen? Diese sind aber zu schön, um den Garten abzudecken.« Waldinger seufzte innerlich und erklärte ihm die Geschichte mit den katholischen Damen. »Dann fahren S' rein mit dem Wagen, dann füllen wir den Kofferraum.«

Waldinger nickte dankbar. Sie füllten sein Auto bis obenhin. Gerade so, dass er den Deckel des Kofferraums noch zudrücken konnte. Hoffentlich kam er in keine Polizeistreife.

»Was bin ich schuldig?«, fragte er, der Abfall würde schon nichts kosten.

Der Verkäufer schob seine Mütze hin und her.

»Normalerweis verlang ich ein Fuffzigerle pro Ast, aber für den guten Zweck sagen wir, fünfundzwanzig Euro für alles zusammen.«

Waldinger blieb der Mund offen. Ein Blick auf die Uhr überzeugte ihn davon, dass Helga auf ihn wartete. Er biss die Zähne zusammen, bezahlte und kontrollierte nochmal, ob der Kofferraum richtig geschlossen war.

»Danke, und wenn S' einen Christbaum bei mir kaufen, bekommen S' fünf Prozent Rabatt. Schöne Weihnachtszeit.« Der Verkäufer tippte an seine Mütze und startete die Säge.

Helga wartete in der offenen Haustür auf ihn.

»Noldi, wo bleibst du denn so lange? Du, da …«

»Keine Sorge.« Stolz stieg er aus und präsentierte seinen vollen Kofferraum.

»Du bist ein Schatz, aber da hat grad jemand für dich angerufen, wegen dem Unfall. Ich glaub, das war Murmel.«

Waldinger wollte gleich zurückrufen, aber als er in die Küche trat und die Glasschüssel voll Lumpensalat sah, suchte er sich als Erstes eine Gabel. Helga machte den besten Lumpensalat, mit viel Bergkäse, viel Essig und vielen roten Zwiebeln. Nachdem er die Schüssel zur Hälfte geleert hatte, zog er seine Schuhe aus und tappte zum Telefon im Flur. »Murmel« stand auf einem vollgekritzelten Block und darunter eine Nummer, dick unterstrichen.

Während er auf das Freizeichen wartete, umrahmte er die Nummer noch einige Male mit dem Stift.

Eine weibliche Stimme meldete sich. »Übelher.«

»Servus, Kathrina, hier Waldinger. Du, ist Jodok daheim?«

»Ah, Reinhold, grüß dich. Ne, der ist vor einer Minute weg. Ich glaube, er wollte noch zu Cesar.«

»Hat er ein Handy dabei?«

»Ne, das liegt hier neben dem Telefon, soll ich ihm was ausrichten?«

»Es geht um den Unfall. Er hat bei Helga angerufen. Anscheinend hat er was gesehen. Weißt du davon?«

Die Frau lachte freudlos. »Ich bin seine Mutter. Ich bin die Letzte, der er was erzählen würd.«

»Ach so, dann schick ihn mir morgen nach der Messe auf den Posten in Bezau. Es ist wichtig.«

»Ich sag's ihm.«
»Danke, Kathrina, und entschuldige die späte Störung.«
»Schon recht. Gut Nacht!«
»Gut Nacht!«

Allein zu Hause nutzte Waldinger die Gelegenheit und machte sich auf die Suche nach der Kaffeemaschine. Seit Wochen stand auf deren üblichem Platz der Wasserkocher. Helga war von einem Tag zum anderen zu der Überzeugung gelangt, dass Kaffee nicht mehr zu ihrer gesunden Lebensweise passte. Sie selbst fühlte sich seitdem anscheinend wie neugeboren. Er durchsuchte systematisch sämtliche Küchenschränke und wurde bald fündig. Ohne auf dem Hof Licht zu machen, schleppte er die Maschine in seinen Wagen und verstaute sie im Kofferraum. Drumherum wickelte er die alte Decke, mit der er im Winter die Scheiben des Autos abdeckte. Zufrieden betrachtete er sein Werk und schloss leise den Deckel des Kofferraums. Die Maschine hatte damals ein Heidengeld gekostet. Wäre schade, sie im Schrank verstauben zu lassen. Helga würde sie nicht vermissen.

Sonntag

Noch bevor der Schlussakkord der Orgel verklungen war, eilte Helga auf Zehenspitzen die Treppe von der Empore hinab. Der Kirchenchor hatte heute die ersten Adventlieder dieses Jahres zum Besten gegeben. Die Messbesucher erhoben sich, flüsterten »Gelobt sei Jesus Christus« und strömten aus der Weihrauchluft des Kirchenraums hinaus auf den Dorfplatz.

Es war ein herrlicher Tag, strahlender Sonnenschein erwartete sie. Zwei Mädchen hatten während des Gottesdienstes die gebundenen Kränze und Gestecke auf drei unter Tischdecken versteckten Biertischen ausgebreitet. Helga verstaute ihre Handtasche in einer leeren Schachtel unter dem Verkaufstisch, nahm ihre alte Kellnerinnen-Geldtasche zur Hand und war bereit für den Verkauf.

Die Kränze leuchteten frisch und grün, dufteten nach Tannenwald und Weihnachtszeit.

Immer mehr Damen stiefelten in ihren neuen Wintermänteln vom Friedhof auf den Verkaufstisch zu.

»Lila Kerzen, das ist dieses Jahr ein Muss«, erklärte die Besitzerin des Handarbeitsstübles ihrer Schwester.

Während Helga die Kränze an die Frau brachte, hörte sie mit einem Ohr den Gesprächen der Umstehenden zu.

Die Geschiedene des Bankkassiers erzählte Helgas Freundin Ruth: »Mein Markus hat Judith auf dem Kathrinatag getroffen. Er sagt, sie habe einige Glühwein getrunken.«

Ruth antwortete: »Das hatten sie alle, Michl kam auch nicht nüchtern nach Hause, dein Markus schon?«

»Er war mit Freunden da, er fuhr nicht selbst.«

»Genau wie Judith«, entgegnete Ruth, »oder hast du etwas anderes gehört?«

»Sie war ganz schwarz angezogen«, warf die Frau des Stierzüchters ein.

»Vielleicht hat sie nicht vorgehabt, nach Hause zu laufen«, erwiderte Ruth.

»Ihr könnt doch nicht dem armen Mädchen die Schuld zuschieben.«

Helga schaute zu der alten Dorflinde. Dort standen die Männer herum und hatten ihre Hände in die Taschen ihrer dunklen Hosen gesteckt. Sie wollte sich nicht vorstellen, welche Gerüchte die Runde um den Baum herum machten. Der Metzger zuckte die Schultern. Ein Sonntag ohne Frühschoppen? Die Gasthäuser in Bizau waren zu, und auf die Schnepfegg konnte man heute auch nicht. Doch da sah Helga die alte Frieda auf die Männerrunde zutrippeln. Sie sagte etwas, und schon kam Bewegung in die Gruppe. Geschlossen marschierten die Herren in Richtung Oberdorf, der Stierzüchter voran. Frieda trat an den Verkaufsstand.

»Mit meinen krummen Fingern lässt sich kein Kranz mehr binden. Habt ihr noch einen fertigen übrig?«

»Natürlich, Frieda, schau.« Helga zeigte ihr einen mit silbernen Kerzen und lila Bändern.

»Einen roten, bittschön, einen mit roten Kerzen will ich haben.«

»Die sind leider ausverkauft, aber wenn du willst, binde ich dir einen. Ich habe noch Reisig zu Hause, und ein paar rote Kerzen werde ich noch auftreiben«, bot Helga ihr an und fügte hinzu: »Was hast du zu den Männern gesagt?«

»Ach, der ›Hirschen‹-Wirt hat für den Frühschoppen aufgesperrt. Ausnahmsweise, nur bis eins, zu Essen gibt's nix.

Bringst du mir den Kranz heute Mittag vorbei?«

»Äh, ja, wird aber Abend werden.«

»Spätestens um sieben, dann will ich die erste Kerze anzünden wie jedes Jahr.« Sie drehte sich um und lief gebückt davon.

Helga blickte ihr verblüfft hinterher, wenigstens ein paar Münzen hätte sie in das Körbchen geben können.

Ein Mann, der seine dünnen Haare sorgsam über die lichte Stirn gekämmt hatte, stand noch da und schaute verlegen auf den Tisch. Helga kannte ihn, er wohnte in der Sonnenstraße.

»Josef, brauchst einen Adventkranz?«, wandte sie sich an ihn. Die Frauen neben ihm lächelten belustigt, als er rot wurde.

»Weißt du, Renate ist im Urlaub und hat mich heute Morgen extra angerufen, dass ich nicht vergesse, einen Kranz zu kaufen. Sonst ist ihr die Telefoniererei von der Insel zu teuer, es muss ihr wichtig sein, denke ich.«

»Wir haben ja noch ein paar zur Auswahl. Willst du einen geschmückten oder einen ungeschmückten? Wo ist sie denn?«

»Was kosten die? Sie ist auf Gran Canaria. Eine Freundin von ihr, Gerlinde, hat die Reise für zwei Personen gewonnen, darum ist sie mitgefahren.«

»Nicht schlecht, das tut ihr gut. Sie hat es ja immer streng. Es gibt keinen Preis. Man kann geben, was man will, das ist für die Waisenkinder, mit denen Carina gearbeitet hat. Welcher gefällt dir?«

»Ach, für die Inder, oder, dann nehme ich den mit den weißen Kerzen und den kleinen Zapfen. Reichen zehn Euro?«

»Natürlich, ich pack ihn dir ein, nicht dass du auf dem Nachhauseweg noch eine Kerze verlierst. Wann kommt sie denn wieder?«

»Am Mittwoch hol ich sie in Friedrichshafen am Flughafen ab. Danke.«

»Danke sag ich. Ich wünsch dir einen schönen Advent.«

»Der soll die Woche ohne Frau genießen«, hörte Helga jemanden flüstern, »die betrügt ihn doch, wo sie nur kann.«

Helga ließ den Blick über den Dorfplatz schweifen und spürte Enttäuschung in sich aufsteigen. Allen drei Kindern hatte sie erzählt, dass sie heute mit dem Chor singen würde und der Verkauf stattfand. Keines war da. Sie hatte sich vorgestellt, sie hier zu treffen und mit nach Hause zu nehmen. Der Braten, den sie am Morgen in die Backröhre gestellt hatte, reichte für eine Großfamilie.

Sie würde Kathrin wecken und Martin und Michaela anrufen, wenn sie zu Hause war. Hoffentlich kam Reinhold zum Mittagessen, er hatte sich schon vor der Messe auf den Weg ins Präsidium gemacht.

»Es gibt Neuigkeiten«, erklärte Waldinger schwungvoll, als Meuse und Koch in seinem Büro auftauchten.

Es duftete nach frisch gemahlenen Kaffeebohnen. Auf dem Schreibtisch stand eine kleine Packung Ländle-Sahne neben einem Papierteller voller Nussschnecken und Topfentascherl.

»Ich hab mich wohl in der Tür geirrt«, Koch schüttelte staunend den Kopf. »Wie in der Bäckerei!«

Waldinger zuckte mit den Schultern.

»Ist ja Sonntag.«

Koch fuhr mit der Zungenspitze über die Lippen.

»Jetzt setzt euch schon und greift zu«, wurde es Waldinger langsam unangenehm.

»Meine Frau bekam gestern Abend einen Anruf. Der Kerl glaubt, das verdächtige Auto in Bizau gesehen zu haben.

Ich habe ihn selber noch nicht erreicht. Möglicherweise ist er etwas wirr, aber er hat heute bei mir höchste Priorität.«

»Klingt hervorragend«, meinte Koch kauend. »Und was verstehst du unter wirr?«

»Er ist etwa vierzig. Wenn er dreißig Jahre jünger wäre, würde er eine Integrationsklasse besuchen.«

»Ein Dorfdepp, ein Idiot?« Meuse hob kritisch seine Augenbrauen.

»Nein, nein. Er kann lesen und schreiben und Auto fahren, ist allerdings ein wenig speziell.«

»Nimmst du ihn ernst?«, fragte Koch. »Oder will er sich nur wichtigmachen?«

»Ich muss erst mit ihm sprechen. Ich glaube nicht, dass er der

Polizei einen Bären aufbindet. Seine Mutter wird ihn auf den Posten in Bezau schicken. Ich werde dort mit ihm reden, damit ihm der Ernst der Lage bewusst wird.«

»Und was ergab das Gespräch im Berghaus?«, wollte Meuse wissen.

»Das ist unser zweiter Punkt. Wir müssen uns dringend mit Marina Meusburger und einem Cousin von ihr unterhalten. Mit denen war Judith auf dem Kathrinatag in Au gewesen.«

»Kathrinatag?«, warf Koch fragend ein.

»Sag, wie lange wohnst du jetzt schon im Ländle? Na, so was wie die Goaßausstellung in Andelsbuch, nur etwas weniger global, mehr lokal eben.«

»Ein Volksbesäufnis?«

Waldinger zuckte erneut mit den Schultern.

»Gibt es Neuigkeiten aus dem Krankenhaus?«, fragte Meuse und schenkte sich seine Tasse ein zweites Mal randvoll.

»Das Fax hat gestern am späten Abend noch einige Blätter ausgespuckt. Ich habe sie erst kurz überflogen, aber es scheint, dass unser Rechtsmediziner trotz Wochenende im Krankenhaus war und den Bericht angefertigt hat. Moment, hier liegt er.«

Waldinger nahm den Faxausdruck in die Hand und suchte in seiner Schreibtischschublade nach einer Lesebrille.

»Der erste Kontakt mit dem Stoßfänger verursachte eine horizontal-streifige Blutunterlaufung und Abschürfungen der Haut sowie eine gedeckte Zertrümmerungshöhle wenige Zentimeter unterhalb des rechten Knies. Geformte Hautabschürfungen und Blutunterlaufungen in der Gesäßregion bilden die Struktur der Fahrzeugfront. Aufgrund einer Anstoßgeschwindigkeit von über 15 km/h entstand eine offene Unterschenkelfraktur. Die Hüftregion ist durch eine blassblaue Verfärbung markiert. Hier erfolgte der Kontakt mit der Motorhaubenkante. In diesem Bereich ist die Muskulatur gequetscht und massiv eingeblutet. Gesicht und Hände zeigen oberflächliche Schnitt- und Schürfwunden, ausgelöst durch Glasbruch. Durch einen Kopfaufschlag auf verformungssteife Teile kam es zu einer Schädelberstung mit leichter Hirnquetschung.«

»Oh, danke, ich glaub, es reicht«, stöhnte Koch.

»Das hört sich grausam an«, pflichtete Meuse ihr bei.

»Ich fahre jetzt direkt zum Krankenhaus«, sagte Waldinger, »anschließend kümmere ich mich um unseren Zeugen, der das Unfallauto gesehen haben will. Ihr fahrt zu Marina. Sie ist heute Vormittag zu Hause. Und nehmt euch diesen Cousin vor! Ich will jedes Detail von Freitagabend, vor allem, warum der junge Mann Judith nicht bis vor die Haustür gefahren hat.«

Waldinger holte ein aufgerissenes Kuvert aus dem Papierkorb und zeichnete eine Wegbeschreibung darauf.

»Wenn ein fauler Hund auf dem Vorplatz liegt, seid ihr richtig. Zu Mittag lade ich euch zu mir ein. Helga hat einen Sonntagsbraten im Ofen. Ich liebe kalten Braten aufs Brot, aber wenn er die ganze Woche reicht, das muss nicht sein.«

Die Parkplatzsuche beim nahe gelegenen Krankenhaus hätte Waldinger sich sparen können. Oberschwester Reingard blieb hart.

»Auf keinen Fall können Sie zu ihr.«

Ihre grauen Föhnwellen wippten um die Ohren, als sie entrüstet den Kopf schüttelte.

»Wie geht es ihr denn?«

»Fräulein Gasser hat das Bewusstsein noch nicht wiedererlangt. Sie hat gravierende Kopfverletzungen davongetragen.«

»Würden Sie sich bitte melden, wenn eine Veränderung ersichtlich ist?«

Waldinger nahm eine Visitenkarte aus seiner Geldbörse und hielt sie der Schwester hin.

Sie steckte sie in die große Tasche ihrer Schürze und sagte gelangweilt: »Sollte sich ihr Zustand verbessern, werde ich Ihnen das mitteilen, hoffen Sie nicht zu früh darauf, suchen Sie den flüchtigen Lenker.«

Im Auto schaltete Waldiger das Radio an. »I'm dreaming of a white christmas …« Er blickte auf seine Armbanduhr. 27. Schnell drehte er die Lautstärke gegen null. Heute war der 27. November. Für Weihnachtsmusik war es definitiv drei Wochen zu früh. Es hatte dieses Jahr noch nicht einmal richtig geschneit. Ohne Musik fuhr er auf der Autobahn in Richtung Dornbirn. Das hohe Riedgras leuchtete golden in der Sonne. Nur winzige Nebelschwaden wabbelten dazwischen durch. Die Naturschützer hatten sich durchgesetzt. Das Ried wurde nicht mehr überall gemäht, damit die Tiere sich besser verstecken konnten. Viele seltene Vögel sollen hier brüten.

Waldinger wählte die Ausfahrt Dornbirn Süd und fuhr in Richtung Bödele. Er beobachtete den Ausflugsverkehr. Willi hatte recht: Beinahe jedes Auto war silbrig.

Alle nannten ihn Murmel. Keiner wusste, warum.

Pünktlich erschien er in Begleitung des einsilbigen Schneiders im Verhörzimmer. Kollege Schneider hatte sich in seiner Sonntagsruhe nur ungern stören lassen, sein hängender Schnurrbart verdeutlichte es wunderbar.

Murmel blickte unruhig um sich.

Waldinger verschränkte die Finger vor seinem Bauch und lehnte sich zurück.

»Setz dich. Willst du die Jacke ausziehen?«

»Nein.« Er setzte sich aufrecht hin.

Schneider brachte das Aufnahmegerät in Position.

Eine Baseball-Mütze mit AC/DC-Emblem, zu viel Speichel im Mund und weiße Schuppen auf der schwarzen Lederjacke.

»Sonntag, siebenundzwanzigster November um elf Uhr«, sagte Waldinger, als das Gerät zu surren anfing.

»Wie ist dein Name?«

»Jodok Übelher.«

»Wo warst du in der Nacht von Freitag auf Samstag?«

»Clubheim. Fise vom Präse. Alles gratis.«

»Alles gratis? Bier, Schnaps?«
Murmel nickte glücklich.
Waldinger deutete auf das Aufnahmegerät.
»Der Zeuge nickt.«
Schneider ging zur Tür. Bevor er sie hinter sich schloss, blickte er Waldinger ins Gesicht und tippte sich an die Stirn.
»Du hast mich angerufen. Du hast etwas gesehen?«
»Das Schwein. Den, wo ihr sucht.«
»Wieso bist du dir da so sicher?«
»Viel zu schnell. Der hatte Angst. Den silbernen Karren kenn i ned. Kein Bizauer.«
»Farbe?«
»Silber, hundert Pro!«, wiederholte er.
»Aber es war stockdunkel, wie willst du dir so sicher sein?«
»Die Straßenlaterne. Bei der alto Backstubo.«
»Ok. Wohin fuhr er?«
»Bei der Backstubo links weg und dann Vollgas.«
»Wie viel Bier und Schnaps hast du im Clubheim getrunken?«
Murmel erstarrte kurz und schüttelte heftig den Kopf.
»I bin gloufo, i bin ned mit dom Auto gsin.«
»Wie viele Leute saßen drin?«
»Wo?«
»Im Wagen.«
»Dunkel, keine Ahnung!«
»Die Marke? War es ein Kombi, ein Pickup, ein …«
»Klinn, äh, ein kleines Auto.«
»Mercedes, Toyota, Mazda, Honda, Peugeot?«
Schulterzucken.
»Der Zeuge zuckt die Schultern.«
»Erinnerst du dich an die Uhrzeit?«
»Sicher. Kirchenuhr leuchtet. Frag Feurstein.«
»Feurstein? Du meinst Werner?«
»Der ist unterwegs gsin, der hat's gseo.«
»Ist er gefahren, hast du ihn erkannt?«

»Nee, gelaufen, er hat's gseo.«
»Wie spät?«
»Vier.«
»Hast du den Wagen erkannt? Du kennst doch die Autos der meisten Bizauer.«
Kopfschütteln. »Nein, kein Bizauer.«
Waldinger lehnte sich zurück. Die Spucketröpfchen rieselten ganz schön weit.
»Was machst du mitten in der Nacht auf der Straße?«
»Wollt nach Haus, und da hab ich's gseo, äh, halt gesehen. Das muss ich dir sagen. Judith ist in Ordnung. Grüßt immer. Jetzt findest den Hund hoffentlich!«
»Wenn ich dir glauben kann«, dachte Waldinger, bedankte sich und komplimentierte Murmel durch die Tür. Die schwarze Lederjacke stank nach Rauch und Alkohol.
»Hast du einen Führerschein?«, rief Waldinger ihm noch nach. »Welche Farbe hat dein Auto?«
Murmel drehte sich nicht mehr um. Sein Kopf zuckte einmal unkontrolliert, und weg war er.

Koch und Meuse saßen am bereits eingedeckten Tisch im Esszimmer. Ein Plastiktischtuch verbarg den massiven Holztisch. Das Goldrandgeschirr passte nicht so recht zu dem bunten Blumenmuster.
»Judith wusste, dass ich auf den Kathrinamarkt wollte. Ich hatte es ihr in der Schule erzählt. Sie konnte nicht mit, weil sie zu Hause helfen musste. Eine Gruppe war angemeldet.«
Marina war erst aufgestanden. Die Achtzehnjährige wirkte noch blass um die Mundwinkel, aber sie erzählte bereitwillig von Freitagabend.
Meuse markierte den Chef, und Koch saß mit gespitztem Bleistift neben ihm.
»Um etwa sieben am Abend rief sie mich auf dem Handy an. Ich war schon in Au. Die Gruppe hätte kurzfristig abgesagt, sie

könnte kommen. Ihr Vater werde sie nach Schnepfau fahren, von dort war sie mit dem Postbus weitergefahren. Wir verabredeten uns für acht beim Zelteingang des Motorradclubs.«

Sie nahm einen Schluck Wasser, Meuse und Koch warteten ungeduldig. Die Küchenuhr tickte. Halb zwölf. Aus der Küche verbreitete sich ein aufdringlicher Geruch nach Fritteuse und altem Bratenfett.

»Ihr habt euch getroffen? Und weiter?«

»Ja, und dann haben wir eben gefeiert, jede Menge Leute getroffen und uns ab und zu aus den Augen verloren.«

»Was meinst du damit?«

»Wir standen nicht den ganzen Abend Händchen haltend beieinander, ok? Es waren noch mehr Schüler von unsrer Klasse da.«

»Weiter!«

»Jürgen wollte dann nach Hause, und da wir vorhatten, mit ihm heimzufahren, habe ich Judith angerufen. Wir trafen uns auf dem Klo und gingen gemeinsam zum Auto. Da war es etwa kurz nach drei.«

»Bist du dir sicher mit der Zeit?«

»Ich hab auf dem Handy geguckt.«

»Hattet ihr was getrunken?«

»Tja, war ja ganz schön kalt. Der eine oder andere Glühmost hat da schon gutgetan.«

»Ihr habt diesen Typen bei seinem Wagen getroffen?«

»Jürgen, ja. Wir sind eingestiegen, nach Schnepfau gefahren, ich bin hier ausgestiegen und ins Bett gegangen. Ich musste um halb sechs wieder auf.«

»Und Judith?«

»Keine Ahnung, wieso sie nach Hause laufen wollte. Jürgen hätte sie hochgefahren. Bestimmt.«

»Hatte Jürgen was getrunken?«, hakte Koch nach und übersah Meuses ärgerliches Stirnrunzeln.

»Was? Der musste Auto fahren! Natürlich nicht. Ich habe ihm sogar eine Cola ausgegeben«, entrüstete Marina sich.

»Was fährt er für ein Auto?«, fragte Meuse weiter.

»Einen silbernen Vierer Golf, tiefergelegt mit richtig breiten Reifen, ein cooles Auto.«

Marinas Mutter trat durch die offene Tür aus der Küche. Die roten Wangen leuchteten, als sie ihre Finger an der umgebundenen Schürze abwischte und fragte: »Dauert's noch lang? Mein Mann mag es nicht, wenn das Essen nicht pünktlich auf den Tisch kommt.«

»Wo wohnt Jürgen?«, fragte Meuse kurzangebunden und stand auf. Koch erhob sich ebenfalls.

»Fahrt nach Mellau, es ist das letzte Haus in der Achsiedlung, aber er ist ein guter Bub«, antwortete die Mutter.

Ohne Worte verließ Meuse das Zimmer, Koch verabschiedete sich: »Danke vorerst, Marina, vielleicht kommen wir im Lauf der Woche nochmal zurück. Wiedersehn.«

Marina nickte, jemand schlug die Haustür zu, und die Mutter stürzte zurück in die Küche.

Das Haus lag im Schatten der Kanisfluh. Am Hang hinter dem Garten lag Schnee. Die letzten Nächte hindurch hatten die Liftbetreiber mit der Beschneiung der Pisten begonnen. Der Anfängerlift startete neben Jürgens Elternhaus. Zwei Kinder in orangefarbenen Schneeoveralls sausten auf ihren Bobs den Hang herab. Ihr Lachen tönte klar durch die frische Luft.

Jürgen schien wenig überrascht, als er Koch und Meuse die Tür öffnete.

»Dürfen wir reinkommen?«, fragte Koch.

»Es ist ungünstig. Wir essen gerade«, demonstrativ blickte er mit roten Augen zu der tickenden Uhr auf der Kommode.

Die Retro-Tapete löste sich an manchen Stellen, der Holzboden war mit unterschiedlichen Flickenteppichen belegt.

»Es dauert nicht lange«, entgegnete Meuse.

»Wer ist es denn?«, klang eine hohe Stimme aus der Wohnung.

»Nichts Wichtiges, Mama, iss weiter.«

Doch die kleine Frau kam zügig durch den engen Flur und rief:
»Jürgen! Um Himmels willen, was hast du angestellt?«

Koch wunderte sich, sie waren beide in Zivil. Hatte die gebückte Frau mit der Polizei gerechnet?

Der Vater kam mit der Gabel in der Hand aus der Küche.

»Tür zu. Es wird kalt. Ich heiz da nicht für die Nachbarn.«

Meuse zog die Tür hinter sich zu, und Koch beruhigte die Eltern.

»Keine Angst, Ihr Sohn hat nichts angestellt. Es handelt sich um eine Zeugenbefragung und dauert nur ein paar Minuten. Er soll uns einige Aussagen bestätigen.«

Die Frau sah zu ihrem Mann auf und warf ihm einen bedeutungsvollen Blick zu. Der Vater zuckte mit den Schultern.

»Das Schnitzel wird kalt.« Die Mutter schaute ratlos von einem zum anderen und folgte ihrem Mann mit kleinen Schritten. Zweimal blickte sie zurück zu Jürgen. Der wedelte mit der Hand, als wolle er ein Insekt verscheuchen.

»Erzähl von Samstagabend!«, forderte Koch ihn auf.

Er bestätigte Marinas Angaben und ergänzte:

»Dann fuhr ich Richtung Schnepfegg. Judith war es schlecht. Sie hatte zu viel Glühmost getrunken. Da wollt sie lieber laufen. Und bevor sie mir den neuen Wagen vollkotzte, ließ ich sie aussteigen. Konnt doch nicht ahnen, dass irgendein Vollhammer sie über den Haufen fährt.«

»Vollhammer?« Koch runzelte die Stirn.

Jürgen ging nicht darauf ein.

»Heut würd ich sie nicht mehr aussteigen lassen, aber wer rechnet mit so was? Das gab's hier noch nie, oder?«

»Um welche Zeit hast du sie aussteigen lassen?«

»Um halbe viere rum.«

»Und wo?«, wollte Koch wissen.

»Beim letzten Wendeplatz, vor's steil wird.«

»Hattet ihr Streit?«

»Streit? Nee, natürlich nicht, wieso?«

»Deinen Eltern hast du nicht erzählt, dass Judith bei dir im Auto war?«, fragte Meuse.

»Warum sollt ich?«

Waldinger lehnte sich gemütlich zurück und beobachtete seine Frau mit einem amüsierten Zug um die Mundwinkel. Es saßen zwar nicht alle seine Kinder mit am Tisch, aber Koch und Meuse waren gern gesehene Gäste.

Der Schweinebraten schmeckte hervorragend. Außen knusprig, innen saftig. Helga glänzte in der Gastgeberrolle. Mehr Orangensaft für Koch, noch zwei Kroketten für Meuse, das restliche Gemüse für ihn, ein warnender Blick zu Kathrin, die die letzten Gurkenstückchen aus dem Salatdressing fischte.

»Es war zu wenig, das tut mir leid, aber gleich gibt es warmen Apfelstrudel mit selbst gemachter Vanillesauce.«

»Nicht zu wenig, zu gut«, widersprach Koch und tupfte mit einer halben Krokette den Teller sauber.

»Wirklich hervorragend. Herzlichen Dank für das tolle Sonntagsmahl«, schloss Meuse sich an.

»Bleibt sitzen, Kathrin hilfst du mir kurz mit dem Nachtisch?«, bat Helga.

»Ich bin satt. Ich verzichte auf ein Dessert«, erwiderte Meuse. »Aber ein Kaffee wär schön.«

»Aber gerne!«, beeilte Helga sich, und zu Waldingers Verblüffung zauberte sie eine angebrochene Packung Bohnen aus dem hohen Küchenschrank. Die hatte er gestern nicht gefunden und deshalb in der Bäckerei ein teures Kilo Kaffee gekauft.

Erst als Helga den fast leeren Schrank rechts vom Herd nach der Maschine durchforstete, schoss Waldinger das Blut in den Kopf.

»Lass nur, Helga«, rief er in die Küche. »Wir müssen weiter, wir trinken den Kaffee im Büro. Ist ja Sonntag, wir wollen heute zeitig Feierabend machen.«

Helga richtete sich auf und stemmte die Hände in die Hüften.

»Wo ist sie?«

»Äh, wer?«
»Die Maschine.«
»Oh, die, also das ist …« Waldinger kam ins Stottern.
»Reinhold!«
Vor seinen Kollegen wollte er sich nicht kleinlaut entschuldigen.
»Ich hab die Kaffeemaschine mit ins Büro genommen. Du brauchst sie eh nicht mehr. Kaffee tut dir nicht gut, sagst du selbst immer.«
Helga drückte der verblüfften Kathrin den Strudel in die Hand und ging aus der Küche. Diese stellte die Kuchenplatte auf den Tisch und nützte den Moment, um ebenfalls zu verschwinden.
»Wer mag ein Stück?«, fragte Waldinger betont fröhlich.
Koch schüttelte den Kopf, und aus Meuses Mund tönte ganz ungewohnt: »Sorry, Reinhold.«
»Jetzt, da wir schon alleine sind, was hat Marina erzählt?«
Koch fasste die Aussagen von Marina und Jürgen zusammen.
»Klingt so weit plausibel, oder was meint ihr?«, fragte Waldinger nach.
»Hängt davon ab, ob Judith wirklich zu viel getrunken hatte und Jürgen tatsächlich so nüchtern war, wie die zwei vorgeben«, sagte Koch.
»Fahrt nach Au und findet heraus, wer ausgeschenkt hatte, wer die drei gesehen hat, ob jemandem was aufgefallen ist. Ich weiß, das ist nicht einfach, aber vielleicht habt ihr Glück. Fahrt in die Ur-Alp, trinkt einen Kaffee und fangt beim Wirt an. Sagt ihm einen Gruß von mir.«
»Und was hast du erfahren?«, fragte Meuse.
»Der Zeuge behauptet, dass ein silberner Kleinwagen um etwa 4.00 Uhr viel zu schnell von der Hauptstraße in Richtung Sonnenstraße abgebogen ist. Er hat den Wagen nicht erkannt. Möglicherweise war es niemand aus dem Dorf.«
»Das wäre dir sicher lieber, wenn es keiner aus deinem Dorf wäre«, stellte Meuse fest. »Leider spricht einiges dafür.«

»Jeder kann über die Schnepfegg gefahren sein. Es ist eine öffentliche Straße«, widersprach Waldinger.

Meuse hob die Augenbrauen und blickte zu Koch. »Stellt sich die Frage, ob diesem Halbverrückten zu glauben ist«, sagte sie.

»Das werde ich herausfinden. Ich werde ich die Bedienung vom Clubheim befragen, wer zwischen halb vier und halb fünf auf dem Heimweg gewesen sein könnte. Anschließend machen wir Feierabend für heute, es ist Sonntag. Morgen treffen wir uns um 8.00 Uhr in meinem Büro.«

Als Meuses Wagen um die nächste Ecke verschwunden war, stieg Waldinger noch einmal aus. Er setzte sich allein an den Küchentisch und schnitt sich ein großes Stück Apfelstrudel runter. Schon beim zweiten Bissen steckte Helga den Kopf durch die Tür. Sie vergewisserte sich, dass er allein war und trat wütend ein.

»Wie konntest du mich so blamieren? Ich wär am liebsten im Erdboden versunken. Ich kann ihnen nicht mehr unter die Augen treten. Die lachen sich tot über mich.«

»Tut mir leid.«

»Es tut dir leid? Klammheimlich hast du sie mitgenommen, nicht ein Wort hast du gesagt. Und dann hast du immer noch so getan, als ob dir der Tee schmecken würde. Du falscher Hund, du.«

»Er schmeckt mir wirklich.«

»Ha, dann würdest du mir nicht die Kaffeemaschine klauen. Jetzt weiß ich wenigstens, warum du immer noch Blähungen hast. Du hast gar nicht aufgehört, Kaffee zu trinken. Geschieht dir recht.«

»Der Strudel schmeckt gut. Sehr gut.« Waldinger widmete sich wieder seinem Kuchenstück. Meistens beruhigte Helga sich schnell wieder.

»Ich muss noch zu Feurstein. Ich dachte, ich geh zu Fuß, magst mitlaufen? Kannst dich derweil ein wenig mit Agnes unterhalten.«

»Das würde dir so passen. Mich erst erzürnen und dann dem Dorf heile Welt vorspielen. Such dir eine andre Dumme. Ich hab schon was vor.«

Allein mochte er am Sonntagnachmittag nicht durch das Dorf laufen. Er holte sein Fahrrad aus dem Schuppen hinter dem Haus und radelte zügig die Sonnenstraße hinab.

Feurstein war nicht nur der Kulturbeauftragte des Landes Vorarlberg, sondern Vizebürgermeister in Bizau und der Ehemann von Waldingers Cousine Agnes. Er hatte ihn noch nie gemocht. Seit er beim Land angestellt war, schien er noch glatter, redegewandter und falscher geworden zu sein, als er als Jugendlicher schon war. Sprachlich fühlte Waldinger sich immer unterlegen. Noch dazu wusste jeder im Dorf von Feursteins Verhältnis mit einer jungen Witwe. Alle tuschelten darüber, nur Agnes schien nichts davon zu ahnen.

Der Kies knirschte unter seinen Fahrradreifen, als er auf dem Vorplatz scharf bremste und abstieg. Waldinger holte sein Hosenrohr aus der Socke hervor und fuhr sich mit den Finger durch die borstigen Haare. Er sollte mal wieder zum Frisör.

Das Rad lehnte er an den mächtigen Nussbaum links vom Haus und schaute über den Staketenzaun in den dahinterliegenden Garten. Alle Beete waren säuberlich mit Reisig zugedeckt, und die Gartenmöbel versteckten sich unter bunten Plastiküberzügen. Der Winter konnte kommen. Da hier niemand zu sehen war, ging er zur Haustür, öffnete sie einen Spalt und rief: »Holla! Agnes?«

»Agnes ist nicht da«, tönte eine Männerstimme aus dem Hausinneren. »Moment. Komm rein.«

Zögerlich trat Waldinger über die Eingangsschwelle. Er zog sich seine Schuhe aus, und da tauchte Feurstein auf der Kellertreppe auf.

»Ah, Noldi. Welche Ehre. Du, lass doch die Schuhe an, Agnes ist eh nicht da.«

Waldinger schüttelte den Kopf. Er wollte den weißen Läufer im Flur nicht beschmutzen.

»Was treibt dich her? Trinken wir einen Kaffee zusammen?«

»Danke, ein Kaffee wär gut.«

Waldinger folgte Feurstein in die moderne Wohnküche. Erst vor zwei Jahren hatten sie ihr Haus vollständig renoviert. Die selbst gehäkelten Gardinen passten nicht zu dem ansonsten sehr modernen Wohnstil.

Waldinger setzte sich an die Bar, welche den Essbereich von der Küche trennte. Die silberne Espressomaschine schnurrte glänzend und hinterließ in den kleinen Tassen einen Kaffee mit hellbraunem Schaum. Feurstein blieb in der Küche und lehnte sich gegen den separat stehenden Kühlschrank.

»So, Noldi. Um was geht's?«

»Der Unfall, du hast sicher davon gehört.«

Feurstein nickte. »Was kann ich für dich tun?«

»Ich suche nach einem Wagen. Er muss etwa um 4.00 Uhr früh durch das Dorf gefahren sein. Hast du etwas gesehen?«

»Mein lieber Freund, wie kommst du darauf?«

»Jemand hat dich gesehen. Um vier. Im Dorf.«

»Was soll ich denn mitten in der Nacht im Dorf gemacht haben?«

»Na ja, man erzählt …«

»Du weißt, was man erzählt, Ruth und du, aber lassen wir das, ich war hier. Bei Agnes, im Bett. Sie wird es dir bestätigen.«

»Es könnte wichtig sein.«

»Für Agnes ist es wichtig, das weißt du. Ich verlass mich auf dich.«

»Es geht um ein Mädchen.«

»Wird sie überleben? Nützt es ihr was, wenn du überall rumschnüffelst?«

Waldinger leerte seine Tasse.

»Ich bin nicht über die Schnepfegg gefahren. Ich kann dir nicht helfen. Magst du noch einen Kaffee?«

Waldinger schüttelte den Kopf. »Danke, nein. Wo ist denn Agnes?«

»Du willst mir nicht glauben? Ich brauche tatsächlich ein Alibi?«

»Jemand hat dich gesehen.«

»Dich hat damals auch jemand gesehen. Beim Vereineturnier. Nolde, ich geb dir einen Rat: Das war keiner von uns, such woanders!«

»Wo ist Agnes?«

»Ich werde ihr nicht sagen, dass du hier warst.«

Nachdenklich schlüpfte Waldinger in seine ausgetretenen Schuhe. Feursteins Lackschuhe wirkten frisch poliert, genau wie sein Lächeln.

»Steigere dich nicht in was rein, Noldi. Bald wird ein neuer Bürgermeister gewählt. Ich würde dich unterstützen.«

Mit dem Fahrrad war Waldinger in zwei Minuten im Unterdorf. Er fuhr auf den Gehsteig und lehnte das Rad an einen Laternenmast. Das geschindelte Holzhaus wirkte schon von außen einladend und gemütlich.

Er klingelte.

»Ja?«, tönte es durch die Gegensprechanlage.

»Waldinger. Darf ich kurz stören?«, fragte er.

Der Türöffner summte. Vorsichtig drückte er die Tür nach innen. Wenn ihn nicht alles täuschte, hatte Marjette zwei kleine Kinder, die vielleicht ihren Mittagsschlaf hielten.

Doch schon im Treppenhaus hörte er den Lärm. Hier schliefen im Moment bestimmt keine Kinder.

Die gut Dreißigjährige mit einem flotten Pagenkopf eilte ihm entgegen.

»Bleib grad unten, wir setzen uns ins Büro. Kindergeburtstag«, lachte sie unbekümmert.

»Dann komm ich morgen.«

»Ne, ne, wenn's nicht zu lange dauert, mein Mann schafft das schon, er darf ruhig auch ein wenig schwitzen.«

Das Büro wirkte aufgeräumt, auf dem Schreibtisch lag kein Krimskrams. Keine bekritzelte Unterlage, nichts. Er nahm auf einem der zwei schwarzen Stühle Platz.

»Es geht um den Unfall.«

»Das denk ich, mir ist leider nichts aufgefallen. Als ich mit dem Rad heimfuhr, war niemand unterwegs.«

»Wer hat das Clubheim zwischen halb vier und halb fünf verlassen? Geht's da öfters so lange?«

»Ne, selten, war ein lustiges Fest. Ganz genau kann ich dir nicht sagen, wer wann gegangen ist. Ich glaub, die Letzten gingen so gegen vier, Murmel kurz davor.«

»Und wer gehörte zu den Letzten?«

»Vier oder fünf Frauen, jünger als ich, du kennst doch das Chörle, frag bei denen nach.«

»Ok. Sonst noch jemand?«

»Ich glaub, davor gingen die Oberhauser Brüder, aber die wohnen ja am Oberberg, die sind kaum Richtung Hauptstraße gegangen. Das war auch schon früher. Murmel und die Chörledamen waren sicher eine halbe Stunde alleine an der Bar.«

»War Feurstein zufällig auf dem Fest?«

»Feurstein? Ja, der war auch eine Weile da. Hat mit ein paar Älteren vom Fußballvorstand Karten gespielt. Hat beim Jassen wohl einige Male verloren, zumindest gingen die meisten Runden auf ihn.«

»Wann ist er gegangen?«

»Puh, keine Ahnung. Also ich kann nur grob schätzen, gegen Mitternacht vielleicht, warum?«

»Ist er nach Hause, oder wollt er noch irgendwo hin? Hat er vielleicht was in der Richtung gesagt?«

»Nee, wirklich nicht. Aber ich weiß, was du vermutest. Wäre möglich, ich weiß es nicht.«

»Dann versuch ich es bei den Sängerinnen, und danke, dass du dir Zeit genommen hast. Wie alt sind denn deine Kinder?«

»Jona ist acht, und Luca wird heute sechs.«

»Na dann: alles Gute«, verabschiedete Waldinger sich und erhob sich. Marjette nahm die Treppe im Laufschritt. Er zog die Tür ins Schloss. Von wegen leise wegen Mittagsschlaf.

Schon am Straßenrand verkündete eine Brauerei-Stehtafel: »Berghaus heute geschlossen«.

Der Parkplatz war leer. Die Sonne wärmte die ungenützte Aussichtsterrasse. Waldinger stieg aus und genoss für einen kurzen Moment das großartige Panorama. Vielleicht war es der letzte goldene Tag in diesem Herbst. Die Schiliftbetreiber warteten sehnsüchtig auf Schnee.

»Hast was rausgefunden?«, rief der Wirt.

Er saß auf einer der kalten Betonstufen vor der Eingangstür. Waldinger hatte ihn nicht bemerkt.

»Grüß dich, Albert.« Waldinger setzte sich auf eine Stufe darunter und schaute zu dem Mann auf. »Ich weiß noch nicht, wer's war, aber ich find's raus.«

Die Männer schwiegen. Ein Auto fuhr langsam am Parkplatz vorbei. Die Stehtafel zeigte Wirkung. Der Fahrer gab Gas und fuhr weiter.

»Ich hatte noch nie zu am Sonntag.«

Waldinger nickte.

»Aber ich kann halt nicht. Immer solltest lustig sein, Gäste unterhalten, an Schmäh auf Lager haben. Ich kann nicht.«

Waldinger nickte wieder. Sie hörten den Wagen langsam um die Kurven nach unten fahren.

»Meine Kollegen haben den Jungen befragt, Jürgen.«

»Und?«

»Er sagt, Judith wäre es bei der Autofahrt schlecht geworden. Sie wollte nach Hause laufen.«

»Glaubt ihr ihm?«

Waldinger zuckte die Schultern.

»Der Unfallfahrer fuhr einen silbernen Wagen. Wir haben Lacksplitter gefunden. Wir werden die Werkstätten abklappern. Morgen.«

»Glaubst du, der bringt seinen Wagen in eine Werkstatt?«

»Wenn nicht, fällt jemandem die Beule auf.«

»Da kennt doch jeder einen Spezl, der ihm das in der Garage

richtet. So läuft das doch bei uns.«

»Es geht um Fahrerflucht. Es geht um Judith. So einen Spezl hat lang ned jeder.«

»War es einer aus dem Dorf?«

Waldinger seufzte. »Ich weiß es nicht.«

Die Sonne wanderte hinter die Hangspitze. Die Treppenstufen wurden dunkelgrau.

»Wie geht es Judith?«

»Schlecht, sehr schlecht.« Waldinger erblickte den Jungen erst, als er aufstand, um sich zu verabschieden. Er saß vor dem Hasenstall und hielt ein Tier im Arm, das er zärtlich streichelte.

»Dominik?«, fragte Waldinger den Wirt.

Dieser nickte zärtlich: »Zum Glück hat er seine Tiere.«

»Darf ich?«

Er seufzte und zuckte mit den Schultern.

Waldinger ging zu dem Buben und kniete sich neben ihn auf den Boden.

»Wie heißt er?«

»Es ist ein Weibchen. Susi.«

Unbeholfen streichelte Waldinger mit zwei Fingern über eines der weißen Schlappohren.

»Was erzählst du ihr?«

»Dass ich Judith wieder gesund haben will. Sie darf nicht sterben. Sie muss gesund werden. Sie soll wieder mit mir Schi fahren gehen. Mama hat gesagt, Judith kann nie wieder Schi fahren. Aber jetzt hat es bald wieder Schnee. Sie wird wieder ganz gesund, oder?«

Waldinger schluckte.

»Fährst du gerne Schi?«

»Noch ein Pflegefall kann sie nicht aushalten, hat Mama gesagt. Aber er kann nix dafür. Niemand. Er ist mein Bruder. Und Judith auch. Mama war so zornig. Sie will keinen Krüppel, hat sie gesagt. Judith muss gesund werden. Papa hat gesagt, ich soll beten und Judith einen Schutzengel schicken. Ich bete immer für sie. Vor dem Essen und nach dem Essen und im Bad. Das nützt sicher.«

Er verstummte.

»Ich werde auch für sie beten«, sagte Waldinger rau.

»Papa hat heute nicht gearbeitet. Ruhetag hat er in die Tür gehängt. Die Leute sind wieder fortgefahren. Das macht er sonst nie. Und Mama hat wieder Schnaps getrunken. Und Hannes war immer in seinem Zimmer. Aber ich habe die Hasen gefüttert. Und morgen muss ich wieder in die Schule. Papa sagt, ich muss. Ich will aber lieber mit ins Spital. Judith braucht mich doch. Wir haben schon Saisons-Karten für die Lifte gekauft. Judith hat gesagt, im November sind sie noch günstiger. Mit Foto drauf. Die müssen wir doch brauchen. Die sind teuer gewesen, die können wir nicht wegwerfen, wir müssen Schi fahren gehen.«

Er streichelte den Hasen immer heftiger. Die Tränen liefen ihm übers Gesicht.

»Ich werde Judith ihr Lernheft bringen. Für die Führerscheinprüfung. Sie hat gesagt, sie muss noch viel lernen. Jetzt hat sie ja Zeit dazu. Das bring ich ihr morgen mit. Ich weiß, wo es liegt, gleich neben ihrem Bett. Auf dem Boden. Das bring ich ihr mit. Mama denkt da eh nicht dran, aber ich.«

Waldinger hielt Dominiks Hand fest und schaute ihm in die Augen.

»Judith kann stolz sein auf dich. So einen tollen Bruder kann man sich nur wünschen.«

Dominik setzte den Hasen zurück in den Stall und wischte sich die Tränen aus seinem Gesicht.

»Wann fütterst du die Hasen immer?«

»Vor der Schule und bevor die Sonne untergeht.«

»Heute ist sie schon fort.«

Der Wirt war hinter sie getreten und legte Dominik den Arm um die Schultern.

Als Waldingers Handy klingelte, verabschiedete er sich schnell und ging zurück zum Parkplatz. Es war Koch. Sie klang müde und erschöpft: »Jetzt haben wir mit so vielen Leuten gesprochen, aber keiner will uns etwas erzählen. Das gibt es doch nicht. Alle zucken sie nur mit den Schultern.«

»Wir werden nicht aufgeben. Wir finden den Typen. Ich habe es versprochen.«

Helga ging zu Fuß zum alten Gasthof »Hirschen«. Den Adventkranz hatte sie sorgfältig in einen Karton gepackt und trug ihn wie eine Torte vor sich her. Das Gasthaus war klein und für Gäste kaum als solches zu erkennen. Einzig die nicht mehr beleuchtete Reklametafel für »Egger Bier« ließ vermuten, dass man hier möglicherweise etwas zu trinken bekommen konnte. Wenn man Glück hatte, gab es in der niedrigen Bauernstube auch mal einen Wurstsalat, ansonsten wurde hauptsächlich Bier an den Stammtisch gebracht. Helga war froh, dass ihr Nolde kein ausgeprägter Stammtischbruder war. Ein, zwei Gläser am Sonntag nach der Kirche in der »Taube«, und das war's. Doch es gab genug Männer und junge Burschen, die fast täglich den Feierabend im »Hirschen« verbrachten. Neben dem Kartenspiel, dem beliebten Jassen, wurde alles verhandelt, was es über andere zu sagen gab. Und wenn niemandem etwas Neues einfiel, dann erfanden sie ihre Geschichten eben. Und die alte Frieda saß immer dabei. Mit ihrer Strickarbeit am Kachelofen. Da der »Hirschen« offiziell geschlossen hatte, klopfte Helga an eines der Fenster links neben der Eingangstür. Es dauerte zwei Minuten, dann öffnete Frieda die schwere, geschnitzte Holztür und hob ihre Armbanduhr bis beinah an die Nasenspitze.

»Da bist du ja, han scho gfürchtet, du hast mi vorgeassa!«

»Nein, nein, natürlich nicht.« Helga öffnete den Deckel der Schachtel. Die Alte nickte.

»Ja, so passt er.«

Helga überreichte ihr den selbst gebundenen Adventkranz.

»Violette Kerzen, so neumodisches Zeug gfallt meor nüd. Aber die roten da sand schöa. Git's scho was Neus?«

»Neues? Ich glaub, du bist besser auf dem Laufenden als ich.«
»Ich tratsche nicht.«
»Nee, nee versteh mich nicht falsch, aber am Stammtisch hört man doch sicher einiges. Mein Mann darf zu Hause nichts erzählen.«
»Aber wenn er weiß, wer's war, wird er's dir scho sagen.«
»Er weiß es noch nicht, leider.«
»Wahrschinlich ischt ear froh. As wär halt doch ka Vergnüogo, oan vo üs verhafto zu müsso, oan us deom oagono Doarf, dau künnt er sich jau nümma blicko lau.«
»Wer sagt denn, dass es ein Bizauer war?«
»Jau, wer fahrt dinn sus znacht übor d'Schnepfegg? Soll hoffo, er kriegt's nia ussar, sus wird as nix mit dom Bürgermeister.«
»Bitte?«
»Damit as endlich klappt mit dom Bauplatz für üora Buob.«
»Da hast was falsch verstanden.«
»I wär ned nünzge wordo, winn i alls falsch vorstau tät, kascht meor gloubo.«
Helga schluckte.
»Der Beitrag ist für die Waisenkinder.«
»Wela Beitrag?«
Helga deutete auf den Adventkranz in Friedas Händen.
»Was, der kost was? Lachhaft. I minom Leobo han i noch nia an Kranz kouft.«
»Nur a freiwillige Spende, für die armen Kinder, muss nicht viel sein.«
Die Frau drehte sich um und murmelte: »Dor Xaver tät sich im Grab umdreio. A Geld will se vo meor, für an Adventkranz, und das nennen's dinn christlich.«
Sie kramte ein Eurostück aus der Schublade der Kommode im Flur, hielt es Helga hin und sagte: »Dinn Ma wird sich noch wünscho, nio vo deom Unfall eatz ghört heo.«
Helga nahm das Geld und drehte sich um. »Wiedersehn.«
Die Alte schubste die Haustür mit ihrer Ferse zu.

Zum Abendessen gab es eine Flädlesuppe. Waldinger nahm dieses Friedensangebot gerne an. Helga wusste, wie sehr er Flädle liebte.

»Lass die Kaffeemaschine im Büro, wär ja schade, wenn sie nur im Schrank stehen würde.«

Waldinger nickte mit vollem Mund.

»Was hast du am Nachmittag gemacht?«, fragte er.

»Ich habe der Frieda noch einen Kranz gebunden und vorbeigebracht.«

Sie stand auf und holte Streichhölzer, um an ihrem Kranz die erste Kerze anzuzünden.

»Die wird auch langsam alt. Weißt du, was sie mir erzählt hat?«

»Was denn?«

»Du willst Bürgermeister werden.«

Waldinger blieb der Mund offen. Er klappte ihn wieder zu und rührte in seiner Suppe.

»Ich war bei Feurstein. Der hat es so ähnlich rübergebracht.«

»Ja, wie kommen die denn da drauf?«, wollte Helga wissen.

»Geht es dem Luis denn wirklich so schlecht?«

Waldinger schüttelte ungläubig den Kopf.

»Ich werde diese Woche mal mit Heinz reden. Ich habe ihn schon zu lange nicht mehr gesehen: Vielleicht weiß er mehr. Und dann kann ich ihn auch gleich zu meinem Fest einladen.«

»Eine gute Idee. Langsam glaube ich, wir bekommen mehr Leute zusammen als im Feuerwehrhaus Platz haben. Sollen wir nicht doch den großen Saal mieten?«

»Nein, nie und nimmer. Dann gehen die Gäste alle durstig nach Hause, dann können wir das Fest genauso gut streichen.«

»Jetzt übertreibst du aber.«

»Du weißt doch noch, wie es auf dem Musikkonzert war. Während der Pause hab ich den Wirt gefragt, ob er mir noch einen zweiten Achtel bringt. Da hat er einfach den Kopf geschüttelt und ist weitergegangen.«

»Da war er halt im Stress. Die hatten auch vierhundert Gäste.

Mit so vielen hatte niemand gerechnet.«

»Nein, lieber ein bisschen zu eng und dafür genug zu trinken für jeden. Wir bleiben im Feuerwehrhaus.«

Als Koch nach Hause kam, wünschte sie sich, nicht so viel von der Sauce gegessen zu haben. Die Knoblauchwolke um sie herum wurde von ihrem Lebensgefährten mit wenig Begeisterung aufgenommen.

»Warst du heut beim Türken essen?«

»Und was ist dir über die Leber gelaufen?«

»Ach, Kacke, Yvonne hat angerufen. Sie kommt mit dem Jungen nicht klar. Seit das Baby da ist, macht Niklas nur noch, was er will.«

»Was hat er denn angestellt?« Koch konnte sich ein Grinsen nicht verkneifen. Sie mochte den Jungen, Andreas' Ex hingegen sah sie am liebsten von hinten.

»Schule schwänzen, Unterschriften fälschen, das ganze Programm, was einem Zwölfjährigen so einfällt.«

»Das renkt sich wieder ein. Kommt halt in die Pubertät, dein Sohn.«

»Sie will, dass ich ihn über die Weihnachtsferien zu mir nehme. Ich kann nicht Nein sagen, das verstehst du doch?«

»Wir wollten doch ein paar Tage ins Tannheimertal.«

»Ich weiß, Schatz, das holen wir nach, versprochen.«

Er nahm ihre Hand. »Sei nicht böse.«

»Wir haben es schon zweimal verschoben.«

»Ich kann nichts dafür, ich würde gerne mit dir in ein Hotel fahren, aber es geht nicht.«

Koch zog ihre Hand zurück.

»Du hast ihr also schon zugesagt, für die ganzen Ferien?«

Andreas setzte sich auf die Couch und schaltete mit der Fernbedienung das Fernsehgerät ein.

»Super, wirklich toll.« Koch verzog sich ins Bad und ließ heißes Wasser in die Wanne laufen.

»Wenn ich erst Kinder habe, ich werde sie anders erziehen als diese Yvonne. Ich wäre eine gute Mutter«, sagte sie ihrem Spiegelbild.

Sie hatte gehofft, ein paar entspannte Tage in einem Hotel würden ihnen zu ihrem Glück verhelfen.

»Scheiße.«

Sie rammte den nackten Fuß gegen die Wanne.

Montag

Bizau, Schnepfau – Am Sonntag ist auf der Bergstraße in Richtung Schnepfegg eine junge Frau angefahren worden. Die Polizei bittet um Hinweise auf den flüchtigen Unfalllenker. Die Siebzehnjährige aus Schnepfau (Bezirk Bregenz) war gegen 4.00 Uhr früh am Straßenrand der Schnepfegger Straße unterwegs. Auf der unbeleuchteten Straße wurde das Mädchen von einem Wagen erfasst. Das Opfer blieb am Straßenrand bewusstlos liegen. Nach der Erstversorgung wurde die Schülerin in das Krankenhaus nach Bregenz gebracht. Ersten Erkenntnissen zufolge dürfte sie schwer verletzt worden sein. Der Unfalllenker setzte seine Fahrt fort. Die Polizei Bregenz sucht nach dem Fahrer des Wagens. Vermutlich handelt es sich um ein silberfarbenes Auto, das im Frontbereich beschädigt sein dürfte. Hinweise sind an die Polizeiinspektion Bregenz erbeten.

Waldinger war eine halbe Stunde früher losgefahren, um im Büro in aller Ruhe Zeitung zu lesen und sich einen starken Kaffee zu gönnen. Er hatte den kurzen Bericht gerade entdeckt, als sein Telefon auf dem Schreibtisch klingelte. »Waldinger, Kriminalpolizei«, meldete er sich.

»Felder, Roswitha. Schoppernau. Grüß Gott.«

»Guten Morgen.«

»Ich lese gerade die Zeitung. Da ist doch dieser schreckliche Unfall passiert, auf der Schnepfegg, mein Gott, furchtbar.«

»Haben Sie etwas gesehen?« Waldinger brachte mit Kreisen und Spiralen einen alten Kugelschreiber in Schwung.

»Was? Oh, gesehen, ja vielleicht. Ich war mitten in der Nacht natürlich nicht auf der Schnepfegg. Ich bin aber um etwa zwei Uhr kurz aufgestanden. Resi, unsere Katze, hat an den Fensterrahmen gekratzt und laut miaut. Es war kalt draußen. Sie wollte in die warme Stube. Am liebsten schläft sie auf dem Kanapee, aber das darf …«

Die Frau bemühte sich sehr, hochdeutsch zu sprechen, doch Waldinger hörte ihren Hinterwälderdialekt in jeder Silbe durch und musste sich ein Lachen verkneifen.

»Und weshalb rufen Sie mich an?«

»Ach so, ja, Entschuldigung. Ich habe ein Auto gesehen. Um zwei Uhr in der Nacht ist es vom Schoppernauer Oberdorf nach Unterdorf gefahren. Wahrscheinlich ist es dann weiter nach Schnepfau gefahren, wenn es nicht in Au abgebogen ist«, sagte Roswitha hoffnungsvoll.

Waldinger legte den Stift auf die Schreibtischunterlage und bückte sich, um den Computer hochzufahren.

»Ich glaube, es war silbrig!«

»Autotyp und Kennzeichen?«

»Das weiß ich leider nicht, mit Autos kenne ich mich nicht so aus. Für die Nummer war es zu dunkel, da konnte ich leider nichts erkennen, aber ich wollte es Ihnen trotzdem erzählen. Da müssen jetzt alle zusammen helfen, dass dieser Fahrer so schnell wie möglich erwischt wird.«

»Wie ist Ihre Telefonnummer? Die Kollegen können Sie zurückrufen, wenn sie noch etwas wissen möchten.«

»Die Nummer gebe ich Ihnen gleich, aber da ist noch etwas. Wissen Sie, in Au war am Freitag Kathrinatag.«

»Und?«

»Jede Menge Besoffene, kann ich Ihnen flüstern. Vielleicht ist es von denen einer gewesen.«

»Ihre Nummer?«

Er sprach die einzelnen Zahlen nach, ohne Anstalten zu machen, sie zu notieren, bedankte sich und drückte den Hörer auf die Gabel.

Waldinger hoffte, dass seine Sekretärin bald ihren Platz am Telefon einnahm. Sie könnte ihm dann nur die sinnvollen Anrufe durchstellen.

Ein Blick aus dem Fenster zeigte, dass Annettes Fahrrad bereits an seinem gewohnten Ort stand. Sie würde jeden Moment auftauchen.

Meuses gelber Schlitten kam auf dem Parkplatz zu stehen. Waldinger erkannte Kollegin Koch auf dem Beifahrersitz. Er erinnerte sich dunkel, dass ihr Auto zur Generalinspektion in der Werkstatt war und bei der Gelegenheit neue Winterreifen bekam. Das wäre bei seinem Wagen auch höchste Zeit. Der Wetterbericht hatte Schneefälle bis in tiefe Lagen angekündigt.

Er hörte Schritte im Flur und rief durch die geschlossene Tür: »Komm rein, bin schon da.«

Die Tür öffnete sich. Verwundert blickte Annette ihn an. »Bin ich zu spät?«

»Nee, passt alles, halte mir nur die Zeitungsanrufer vom Leib und schick mir Koch und Meuse rein. Ist sonst jemand frei? Wir könnten heute Verstärkung gebrauchen.«

»Ich frag nach.«

Nach wenigen Minuten kam sie zurück. »Es scheint niemand abkömmlich zu sein. Rauch ist mit drei Mann an dem versuchten Mord in Ausserbraz und sucht selber Verstärkung. Bösch muss einem Arbeitsunfall in Lochau nachgehen, und Gunz versucht, mit Buntschuh und Dietrich den Teppichbetrügern auf die Spur zu kommen, bevor sie sich Richtung Rumänien oder sonst wo absetzen. Sieht schlecht aus.«

»Dann ruf du bitte sämtliche Werkstätten im Bregenzerwald an und frage nach, ob bei ihnen ein silbernes Auto zur Reparatur reingekommen ist. Sie sollen uns sofort Bescheid geben, falls sie irgendwo auch nur den leisesten Verdacht hegen.«

»Ok, wird erledigt.«

Koch und Meuse betraten das Büro zur gleichen Zeit.

»Morgen.«

»Morgen, keine Verstärkung in Sicht«, knurrte Waldinger. »Vielleicht haben die Bezauer einen guten Mann für uns. Ich werde dort anfragen. Immerhin war der Unfall in ihrem Einsatzbereich.«

Sein Blick blieb an Meuses Augenringen haften.

»Schlecht geschlafen?«

»Zu wenig.«

»Ok. Setzt euch. Was wissen wir?«

»Nix.«

Am Morgen war Meuse meistens pessimistisch gestimmt.

»Du bist nicht krank, oder?«, fragte Waldinger nach.

»Nur zu kurz in der Kiste.«

Waldinger räusperte sich und schob ein paar Zettel auf dem Schreibtisch hin und her.

»Das Auto, das wir suchen, ist silberfarben. Ich hoffe, spätestens bis heute Mittag wissen wir mehr. Die Automarke wäre hilfreich und würde unsere Nadel im Heuhaufen ein wenig größer ausfallen lassen.«

»Inwieweit können wir den Zeitpunkt einschränken?«, fragte Koch.

»Judith ist um etwa halb vier am Wendeplatz ausgestiegen. Ich schätze, dass sie in etwa eine Viertelstunde unterwegs war, bis sie zur Unfallstelle gelangte. Wenn Jürgens Angaben stimmen, dann war der Unfall um etwa 3.45 Uhr. Samstag früh.«

»Und wenn nicht?«, warf Meuse ein.

»Wenn die Angaben falsch sind, können wir immer noch vom Zeitungsfahrer zurückrechnen, dessen Anruf um 4.37 Uhr bei der Notrufzentrale einging. Allerdings ist ihm kein Wagen entgegengekommen, der Unfall muss also schon vor halb fünf passiert sein.«

»Gibt's nur den dubiosen Zeugen, oder war in Bizau sonst auch noch jemand um diese Uhrzeit auf den Beinen?«, wollte Meuse wissen.

»Die Bedienung des Clubheims hat mir einen Tipp gegeben. In Bizau gibt es einen kleinen Chor, der aus ungefähr zehn jungen Damen besteht. Diese hatten am Abend einen kurzen Überraschungsauftritt auf der Geburtstagsfeier. Laut Marjette zählten einige davon zu den letzten Gästen. Wir sollten uns mit ihnen unterhalten. Das werde ich heute Nachmittag übernehmen.«

»Und wie sieht unser Vormittagsprogramm aus?« fragte Meuse.

»Ähnlich wie gestern, nur klingeln wir uns heute auf der Bizauer Seite der Bergstraße durch. Weiter bei allen Häusern links von der alten Bäckerei Richtung Kirchdorf und Sonnenstraße.«

»Du glaubst an die Aussage dieses Idioten. Der will sich doch nur wichtigmachen. Diese Sorte Leute müsstest du mittlerweile kennen.«

Verärgert schob Meuse sich einen Kaugummi in den Mund und holte seinen Mantel vom Haken.

Waldinger nahm den Telefonhörer in die Hand und wählte die Nummer des Gendarmeriepostens in Bezau.

»Ich warte im Auto«, sagte Meuse zu Koch gewandt und verließ den Raum.

Während das Telefon klingelte, räumte Waldinger seinen Schreibtisch oberflächlich auf und fragte: »Weißt du, was dem für eine Laus über die Leber gelaufen ist?«

»Er war gestern im Casino. Anscheinend war das Glück nicht auf seiner Seite.«

»Schon wieder?«

»Hier Waldinger«, sprach er ins Telefon und erklärte kurz die Lage. Dann hörte er zu und nickte.

»Sehr gut, danke. Wenigstens ein Mann Verstärkung. Dann bis gleich, Schneider.«

Das Wetter war heute auch nicht dazu angetan, schlecht gelaunte Zeitgenossen aufzuheitern. Koch hastete Meuse hinterher.

»Wir treffen uns auf dem Posten in Bezau«, rief Waldinger ihr noch nach.

Sie reagierte nicht.

Schneider war ihr vierter Mann. Er fuhr sich mit Daumen und Zeigefinger über seinen zu dicken Schnauzer und grinste. Anscheinend freute ihn die Tatsache, den Schreibtisch verlassen zu dürfen und mit den Einheimischen ein Schwätzchen zu halten.

»Schneider und Meuse, ihr fangt auf der Langenwies an und meldet euch, wenn ihr die Hauptstraße entlang bis zur Bäckerei durch seid. Koch und ich starten dort und arbeiten uns Richtung Sonnenstraße vor. Und vergesst nicht, in alle Garagen und Schuppen zu schauen. Vielleicht steht ein kaputtes Auto rum.«

»Viel Glück und viel Vergnügen und ruft an, wenn ihr den Täter festgenommen habt.«

Polizist Schneider schien ein Spaßvogel zu sein. Waldinger war froh, mit Koch an seiner Seite loszuziehen. Er mochte kein überflüssiges Geschwätz.

Waldinger fuhr mit Koch nach Bizau und stellte seinen Wagen vor dem Feuerwehrhaus ab. Den Schlüssel ließ er stecken, das Auto unverschlossen.

»Schließt du nicht ab?«, wunderte Koch sich.

»Wozu, wir sind in Bizau, alle kennen mein Auto.«

Er zog den Reißverschluss seiner Jacke bis unters Kinn, und sie überquerten die Hauptstraße. Ein uralter VW knatterte vorbei. Der Fahrer hob den Hut zum Gruß, aus dem hinteren Seitenfenster schaute interessiert eine Ziege. Ein schwarzer Honda setzte zum Überholen an. Als er Waldinger erblickte, schwenkte der junge Bursche schnell wieder auf die rechte Spur.

Koch schüttelte amüsiert den Kopf.

»Das kann ja heiter werden. Du kennst jeden hier.«

»Fast.«

Beim ersten Haus suchten sie vergebens nach einer Klingel.

»Herrgott noch mal, gib jetzt Ruh!«, hörten sie eine heisere Stimme rufen.

Durch die offene Stalltür hörten sie Pferde wiehern. Sie gingen langsam näher. Koch rümpfte die Nase.

»Holla!«, rief Waldinger.

Ein rotgesichtiger Mann steckte seinen Kopf durch die schiefe Tür.

»Was wollt ihr? Wir kaufen nichts!« Er drehte sich um und

schlurfte in seinen ehemals grünen Stiefeln davon. Dann schaute er sich um und drohte ihnen mit der Faust an zu verschwinden.

Nun sahen sie, wem seine Flüche gegolten hatten. Eine jüngere Frau kam aus einer der Boxen, strich sich die gefärbten Haare aus dem Gesicht und das Stroh von der Jacke.

»Was wollt ihr?«, fragte sie eine winzige Spur höflicher als zuvor ihr Mann.

»Wir sind auf der Suche nach einem silbernen Auto im Zusammenhang mit dem Fahrerfluchtdelikt auf der Schnepfegg letzten Samstag. Wir würden gerne einen Blick in Ihre Garage werfen«, sagte Koch.

Die Frau kam aus dem Stall. Sie schleifte die Gummistiefel durch das nasse Stroh. Waldinger zog seine Mütze vom Kopf und blickte sie an. Ein kurzes Nicken bestätigte, dass sie ihn erkannte.

»Seht ihr denn unser Auto nicht? Ein anderes haben wir nicht«, bemerkte sie mit einem vernichtenden Blick in Richtung Misthaufen.

Tatsächlich war ihnen der dort abgestellte rote Subaru mit blauer Beifahrertür und verrosteten Radkästen bereits aufgefallen.

»Hast du etwas gehört in der Nacht von Freitag auf Samstag zwischen halb vier und halb fünf?«, fragte Waldinger.

»Was soll ich gehört haben, Waldinger? Mein Mann schnarcht lauter als unsere Schweine. Sonst habe ich nix gehört.«

Vier Kinder rannten grölend an ihnen vorbei. Das größte voraus und drei kleinere hinterher. Ob Mädchen oder Jungen, war in den gestrickten Mützen und den abgewetzten Anoraks nicht zu erkennen.

»Gib das her, das gehört mir!«, schrie das kleinste, und schon waren sie um die Hausecke verschwunden.

»Wenn dir noch was einfällt, melde dich bitte«, versuchte Waldinger es mit Höflichkeit. »Wir sind für jeden Hinweis dankbar.«

»Natürlich«, brummte die Frau, drehte sich um und spuckte in den Dreck.

Im nächsten Haus wohnte noch vor einigen Jahren ein älteres

Ehepaar. Mittlerweile waren sie in ein Heim umgesiedelt. Waldinger musste sich eingestehen, dass er keine Ahnung hatte, ob die beiden noch lebten, obwohl er sie früher gut gekannt hatte. Er wusste auch nicht, wer jetzt darin wohnte. Das Haus hatte einige Zeit leer gestanden und war verkauft worden. Einmal war die Rede von einer Sekte gewesen.

Der Vorgarten war liebevoll gepflegt, alle Sträucher zurückgeschnitten und zusammengebunden. An der Haustür ein Kranz aus Weidenruten und Hagebutten. Nach dem ersten Klingeln öffnete eine junge Frau mit einem Kleinkind auf dem Arm. So, wie es aussah, erwartete sie demnächst ein Baby.

»Kommen Sie herein«, bat sie, nachdem sie sich vorgestellt hatten. Kein Buddha-Altar, keine obskuren Heiligen an der Wand, kein Mann mit Rauschebart und wallenden Kleidern.

Dafür selbst gebackene Zimtschnecken zum Kaffee und ehrliches Mitgefühl. Nur leider hatte sie trotz schlecht schlafendem Kleinkind und schwangerschaftsbedingter nächtlicher Klopausen nichts Bedeutendes mitgekriegt.

»Ich glaube, da war ein Fest im Clubheim am Fußballplatz. Immer wieder konnte man Stimmen und Musik hören, nicht, dass es uns gestört hätte«, wie sie versicherte.

»Dürfen wir einen kurzen Blick in die Garage werfen?«, sagte Waldinger.

»Dort stehen nur die zu überwinternden Blumenstöcke, unsere Fahrräder und so weiter. Ein Auto brauchen wir nicht. Mein Mann fährt mit dem Rad zur Arbeit. Er arbeitet beim Holzbauwerk in Reuthe.«

Koch nahm das Angebot einer zweiten Zimtschnecke gerne an, und Waldinger blickte aus den blank geputzten Scheiben.

»Gehört die alte Scheune zu diesem Grundstück?«

»Nein, zum Nachbarhaus.«

Waldinger und Koch bedankten sich. Wenn sie überall Kuchen aßen, würden sie heute nicht mehr weit kommen.

Der Schafbauer im Nachbarhof kniete in der Einfahrt und versuchte, einen schweren grünen Pick-up mittels Wagenheber in die Höhe zu stemmen.

»Grüß dich, Tobias. Winterreifen? Erwartest Schnee?«

»Ah, Reinhold, ja, der Wetterbericht bringt Schnee.«

»Hast einen Moment Zeit?«

Der Mann wischte seine Hände an einem Lumpen ab und stand auf. Mit aufmerksamem Blick musterte er sie, runzelte die Stirn und fragte: »Beruflich?«

Waldinger nickte, da kam aufgeregt ein hübsches Mädchen aus dem angrenzenden Schafstall. »Papa, komm, es geht los. Leni ist schon ganz komisch. Schnell. Hilf uns. Papa, komm schon.«

»Nur langsam, Melanie, so schnell geht es nicht«, erwiderte er lächelnd und wandte sich in aller Ruhe an seine Besucher:

»Kommt mit in den Stall, ein Lamm kommt zur Welt.«

Doch Koch blickte zweifelnd zur Tür, und als sie das Mutterschaf kläglich blöken hörte, sagte sie: »Ich nehme an, das ist Ihr Wagen, und wenn Ihnen in der Nacht des Unfalls etwas aufgefallen ist, dann rufen Sie uns doch bitte an. Gehen Sie in den Stall. Das arme Schaf.«

»Fragt Ihr jetzt überall rum? Da habt ihr ja einiges vor. Da unten wohnt eine türkische Familie, die sprechen alle kein Deutsch. Die haben auch kein Auto.«

Waldinger nickte. »Danke.«

»Papi, jetzt komm endlich. Komm!«

Waldinger und Koch verabschiedeten sich von dem Schafbauern, der gelassen in den Stall marschierte, um nach seiner gebärenden Leni zu schauen.

Im Gegensatz zum frisch polierten Hof, den sie verließen, schien das Nachbarhaus Trübsal zu blasen.

Der farblose Gartenzaun hing schief in den Angeln. Auf den zwei kleinen Beeten welkten die Stängel des letzten Sommers dahin, und die Brombeerstauden wuchsen so wild wie in Waldingers Waldstück auf der Rosenburg.

Sie hörten die Klingel aus dem Hausinneren tönen. Eine rote Katze saß gähnend auf einem Fenstersims und blinzelte auf den Vorplatz.

Koch drückte erneut, diesmal länger.

Die Katze schaute sich suchend um, sonst regte sich niemand. Waldinger zog sein Notizbuch aus der Jackentasche und suchte nach seinem Bleistiftstummel, da bog ein schwarzer Audi zügig auf den Parkplatz vor dem Haus.

Der junge Mann am Steuer zögerte, zog dann aber die Handbremse an und den Schlüssel aus dem Schloss. Waldinger hatte das Gefühl, der Fahrer hätte lieber den Rückwärtsgang eingelegt. Er kannte ihn nicht, doch kam es oft vor, dass die Leute ihn erkannten.

Der Kerl verstaute umständlich etwas im Handschuhfach und wartete ab. Waldinger und Koch rührten sich nicht.

Vorsichtig öffnete die Autotür sich, und ein eindrucksvoller Mann kam zum Vorschein.

»Der braucht keinen Wagenheber, um ein paar Reifen zu wechseln«, dachte Waldinger und blickte überrascht auf dessen nackte Oberarme. Das verwaschene Shirt spannte im Brustbereich. Die Hautfarbe wirkte verblichen, tiefe Augenringe zeugten von wenig Schlaf in den vergangenen Nächten.

»Grüßt euch«, sagte er unbeteiligt, ging nach hinten und holte einen großen, platten Karton aus dem Kofferraum. Waldinger und Koch beobachteten ihn stumm. Sorgfältig deckte der Typ damit die Windschutzscheibe des Wagens zu.

»Die Nacht wird frostig.«

Waldinger nickte und ging zwei Schritte auf ihn zu.

»Kripo, Waldinger«, stellte er sich vor und gab dem jungen Mann die Hand. Der energielose Händedruck passte nicht zu den muskulösen Armen.

»Bist du Hubert?«, fragte er und zeigte mit dem Daumen auf den Aufkleber auf der Klingel.

»Ja, um was geht's?«

»Können wir mit reinkommen? Es geht um den Unfall auf der Schnepfegg letzten Samstag.«

Hubert drehte seinen Schlüsselbund hin und her und sagte, ohne aufzublicken: »Ich habe nicht aufgeräumt. Können wir uns hier kurz unterhalten?« Sein Blick fiel auf die rote Katze auf dem Fenstersims, und ein kaum wahrnehmbares Lächeln zeigte sich auf seinen Lippen. Er machte keine Anstalten, in Richtung Wohnung zu gehen, zog aber auch keine Jacke über.

»Ist das dein Wagen?«

»Ja.«

»Neu, oder?«

»Ich habe ihn als Vorführwagen günstig bekommen, im Frühling.«

Koch marschierte um das Auto und blies anerkennend die Luft durch die Zähne.

Noch immer keine Gänsehaut auf den Unterarmen, wie Waldinger bewundernd feststellte. Er wusste nicht so recht, wie er sein Gegenüber einordnen sollte.

»Ist in der Scheune Platz für den Wagen?«, fragte Waldinger.

»Wir würden gern einen Blick reinwerfen. Ist sie offen?«

»Zu. Ich hab keinen Schlüssel, der hängt am Bund meiner besseren Hälfte.«

»Wo warst du in der Nacht von Freitag auf Samstag, so gegen vier?« Waldinger blickte ihm direkt ins Gesicht.

Hubert wandte den Blick in Richtung Kirchturmuhr. »Da habe ich geschlafen.«

»Ist dir etwas aufgefallen, ein Auto, das hier vorbeiraste, beispielsweise, oder sonst etwas Ungewöhnliches?«

»Nein«, er schüttelte den Kopf, »mir ist nix aufgefallen.«

»Warst du im Clubheim? Soll ja ziemlich laut gewesen sein.«

»Ich war zu Hause, ich hab nix gehört.«

»Du hast nichts gehört? Alle Nachbarn hatte die laute Musik um den Schlaf gebracht.«

»Ohropax«, Hubert steckte einen kleinen Finger in seine rechte

Ohrmuschel und verzog einen Mundwinkel.

»Scheint nicht immer zu wirken«, meldete Koch sich zu Wort.

Nervös drehte er sich zu ihr um.

»Bitte?«

»Du siehst nicht aus, als ob du in letzter Zeit genug Schlaf erwischt hast«, erklärte sie.

»Viel zu tun.« Er zuckte mit den Schultern.

Die Katze kratzte an der Fensterscheibe.

»Wann kann ich mit deiner Freundin sprechen?«, fragte Waldinger.

»Meine Frau.«

»Wann ist sie erreichbar?«

»Sie ist im Urlaub, seit Freitag, sie war am Wochenende nicht da.«

Hubert lief langsam in Richtung Eingangstür.

»Dann warst du in der Nacht von Freitag auf Samstag allein in der Wohnung?«

Schulterzucken.

»Du hast kein Alibi.«

Waldinger ging hinter ihm her.

»Meine Katze«, sagte Hubert und öffnete die Tür.

»Ha, ha, guter Witz«, murmelte Waldinger, und deutlicher fügte er hinzu: »Wir kommen wieder.«

Die Tür fiel hinter dem Koloss ins Schloss.

Koch zog die Augenbrauen hoch. »Undurchsichtiger Typ.«

»Einladend«, bemerkte Koch, als sie auf das nächste Haus zugingen.

Waldinger musterte es, sagte nichts. Dunkle Holzschindeln, frisch gestrichene rote Fensterläden, weiße Gardinen und ordentlich gestapeltes Brennholz vor der Garage.

»Einladend, ja«, dachte er sich, seine Schritte wurden immer langsamer. Zu seiner Schulzeit hatte er großen Respekt vor dem Direktor gehabt. Heute wusste er nicht, wie er ihm gegenübertreten sollte. Er kannte ihn so gut, dass er üblicherweise mit ihm per Du wäre, aber etwas in seinem Inneren sträubte sich dagegen, den alten Mann mit »Grüß dich, Sepp« zu begrüßen. Er versuchte immer, sich an einer direkten Anrede vorbeizuschummeln. Doch was hätte der Lehrer für einen Eindruck von ihm, wenn er die Befragung seiner jüngeren Kollegin überließ?

Der sauber geharkte Kies knirschte unter ihren Schritten, der silberne Polo auf dem Vorplatz wirkte wie eben poliert. Babygeschrei war aus dem Inneren des Hauses zu hören, und neben der Eingangstür stand ein Kinderwagen. Koch klopfte an die Tür. Babys Gezeter blieb die einzige Antwort.

»Lass uns später wiederkommen, hier ist eine Befragung eh kaum möglich, bei dem Geschrei.«

Waldinger ging zufrieden weiter und kritzelte in sein Notizbuch. »Sollen Meuse und Schneider es am Nachmittag versuchen, dann schläft der Kleine vielleicht, komm jetzt«, sagte er ungeduldig.

Koch zuckte mit den Schultern und gemeinsam gingen sie weiter.

Die nächsten fünf Häuser waren schnell abgehakt. Niemandem war etwas aufgefallen. Nur das Fest im Clubheim, das musste recht lustig gewesen sein. Interessanterweise schien es niemanden gestört zu haben. Die Fußballer scheinen beliebter zu sein, als Waldinger gedacht hatte.

Es war ein komisches Gefühl, gute Bekannte beruflich zu befragen, und Waldinger fühlte sich zunehmend unwohler. Er kam immer näher in die Richtung seines eigenen Hauses. Nachbarn befragen, das ging ihm gegen den Strich. Wieso hatte er nicht gleich daran gedacht und Schneider und Meuse für diese Straße eingeteilt? Sicher, er kannte auch die Anwohner der Hauptstraße, aber doch nicht gar so gut wie diejenigen der Sonnenstraße. Die dachten ja, er würde sie als Fahrerflüchtige verdächtigen. Nach weiteren acht Befragungen zog er sein vibrierendes Handy aus der Tasche.

»Ja?«

»Gute Idee. Wir kommen auch.«

Koch blickte ihn fragend an.

»Das war Meuse. Sie sind durch bis zur alten Bäckerei. Wir treffen uns zum Mittagessen in Bezau. Kollege Schneider hat das ›Kathrina‹ vorgeschlagen. Sie sollen dort einen guten Mittagstisch haben. In Bizau sind die Gasthäuser noch immer alle geschlossen.«

Sie suchten sich einen Tisch ein wenig abseits und erkundigten sich nach den Erfolgen der jeweils andern. Waldinger und Koch hatten neben Hubert ohne Scheunenschlüssel nichts Verdächtiges zu berichten.

Meuse zog einen kleinen Zettel aus seiner Hosentasche und las eine Nummer vor: »2412853.«

Während Koch fragend die Augenbrauen hochzog, nickte Waldinger, die Zahlenfolge kam ihm bekannt vor.

»Was ist das für eine Zahl?«, fragte Koch.

Schneider musterte Waldinger und fragte: »Klingelt's?«

»Ja, ist aber keine Telefonnummer eines Verdächtigen, oder?«

Meuse lachte kurz auf:

»Telefonnummer? Das ist deine Kontonummer, stimmt's oder hab ich recht?«

Nun musste Waldinger grinsen:

»Ihr wart bei Ewald, alles klar.«

Nur Koch verstand weiterhin Bahnhof.

»Ewald?«

»Ein längst pensionierter Mitarbeiter der Raiffeisenbank. Der kennt noch heute die Nummern sämtlicher Kunden auswendig«, erklärte Waldinger.

»Wusste er etwas, das für unseren Fall von Interesse ist?«

Meuse schüttelte bedauernd den Kopf.

»Nachts schlafen alle, die haben sich längst an ein paar Autos pro Nacht gewöhnt.«

Die Teller waren appetitlich angerichtet, und sie konzentrierten sich aufs Essen.

Als die Bedienung abräumte und nach einem Dessert fragte, sagte Waldinger: »Kaffee mit Sahne bitte.«

»Keinen grünen Tee heute?«, fragte Meuse.

»Kannst deine Rechnung selber übernehmen, wenn du willst«, konterte Waldinger und lehnte sich zurück.

Doch die gemütliche Ruhe war von kurzer Dauer. Sein Handy vibrierte. Bis er es schaffte, es in sitzender Position aus seiner Gesäßtasche zu holen und den richtigen Knopf zu treffen, war es verstummt. Doch er hatte gerade noch gesehen, dass seine Sekretärin versucht hatte, ihn zu erreichen. Er rief sie zurück. »Ich hoffe, du hast gute Neuigkeiten für uns.«

»Vielleicht hilft es euch weiter. Heidi aus Bizau hat angerufen. Sie war in der Nacht von Freitag auf Samstag über die Schnepfegg gefahren. Sie weiß genau, dass sie im Radio das neue Lied von Hmbc gespielt hatten, als sie die steile Straße hinauffuhr. Sie hat bei Ö3 nachgefragt und kann mit Sicherheit sagen, dass um 3.17 Uhr niemand auf der Straße unterwegs war. Sie hat weder Judith noch sonst ein Fahrzeug oder eine Person gesehen.«

Waldinger bedankte sich. Nun konnten sie die Tatzeit genauer einschränken. Außerdem bestätigte es Jürgens Aussage, dass er Judith gegen halb vier aussteigen ließ. Von der Stelle bis zum Unfallort war sie zu Fuß etwa zehn bis 15 Minuten unterwegs gewesen, weitere 15 Minuten brauchte ein Auto von der Unfallstelle bis ins Dorf. Dem Zeitungsausfahrer war kein Fahrzeug entgegengekommen. Also musste der Unfallverursacher zwischen 4.00 und 4.15 Uhr durch Bizau durchgefahren oder eben nach Bizau gefahren sein. Da konnte Murmels Aussage, er hätte ein silbernes Auto um kurz nach 4.00 Uhr gesehen, doch zutreffen.

»Wir fahren jetzt zum Berghaus. Danach suchen wir die Leiterin dieses Chores auf«, sagte Waldinger. »Ihr arbeitet euch weiter von Haus zu Haus vor. Wir waren als Letztes bei Kaufmanns. Du weißt, wo das ist?«, fragte er, zu Schneider gewandt.

Der nickte. »Klar, und wir werden auch nett zu deiner Frau sein.«

Waldinger hatte ein flaues Gefühl im Magen. Nicht nur seine Freunde und Nachbarn waren in einem Fall verdächtig, sogar seine eigene Familie war davon betroffen.
»Und beim alten Schuldirektor haben wir niemanden erreicht, da fangt ihr am besten an«, fügte er hinzu.

Erst nach dem dritten Klingeln öffnete der Junge die Tür.
»Hallo, Dominik. Darf ich kurz reinkommen?«, fragte Waldinger.
Koch stand neben dem Wagen und bewunderte die steile Nordflanke der Kanisfluh. Sie schien heute so nah zu sein. Fast greifbar.
»Mama hat gesagt, ich soll alle Gäste nach Hause schicken. Wir haben zu«, antwortete der Junge leise.
»Sie will nicht, dass jemand hochkommt.«
»Wo ist dein Vater? Und deine Geschwister?«
Der Junge bekam wässrige Augen. »Bei Judith.«
Er schniefte kurz, straffte seine Schultern und sagte:
»Ich hol Mama.«
Waldinger wartete geduldig.
Nach etlichen Minuten kam eine alte Frau die Treppe herunter. Waldinger hätte die flotte Wirtin von vor ein paar Tagen kaum erkannt. Energielos, ungepflegt, depressiv.
»Was ist denn so wichtig?«, fragte sie in einem Ton, der Waldinger frösteln ließ.
»Entschuldige die Störung. Wie geht es dir, war der Arzt heute hier?«
»Mir geht's gut, ich brauch niemanden, ich hab ja Dominik.«
Sie stützte sich auf die Schulter des kleinen Jungen.
»Wir packen das schon.«
Waldinger kauerte sich nieder.
»Kommst du klar?« Er blickte Dominik ernst in die nassen Augen.
Der schluckte und nickte. Die Frau wandte sich ab und ging

langsam in Richtung Treppe.

»Ich schau morgen wieder vorbei«, sagte Waldinger. »Vielleicht gibt's bis dahin was Neues. Sag deinem Vater einen Gruß von mir, und wenn du Hilfe brauchst, auf mich kannst du zählen.«

Der Junge deutete ein Lächeln an. »Ich muss hoch. Mama wartet bestimmt.«

»Tapfer!« Waldinger schloss leise die Tür. Nachdenklich ging er zu seinem Wagen.

»Und? Wie geht's ihr?«, wollte Koch wissen.

»Sie hat getrunken.«

»Wer? Judith?«

»Nee, die Mutter.«

Waldinger klopfte sich an die Stirn.

»Ich Depp hab vergessen zu fragen, wie es Judith geht.«

Kochs Blick sagte viel, doch sie blieb stumm.

»Ich komme morgen wieder her oder schau im Spital vorbei. Der Mutter geht's nicht gut.«

Sie fuhren in Richtung Oberdorf. Die junge, alleinerziehende Mutter wohnte direkt an der Abzweigung Hilkat und Schnepfegg und saß mit ihrer Tochter bei einem späten gemeinsamen Mittagessen. Waldinger und Koch kletterten über die am Boden verstreut liegenden Spielsachen und wollten nicht lange stören. Julia überlegte sich gut, was sie antwortete, während das kleine Mädchen vor Aufregung ihre erste Zahnlücke zur Schau stellte.

»Ich denke, dass wir das Clubheim etwa um halb vier verlassen haben. Da waren wir die Letzten. Astrid verabschiedete sich direkt an der Tür von uns und lief das kurze Stück Richtung Oberberg. Ich wünschte Lisi und Christina gute Nacht und nahm den Fußweg am Bach entlang. Die beiden gingen zur Hauptstraße. Christina wohnt gleich unterhalb von ›Ediths‹ und Lisi sagte, sie werde abgeholt. Ich glaube, sie hatte davor mit ihrem Freund telefoniert.«

»Ist dir ein Auto aufgefallen?«

»Das überlege ich mir, seit ich von dem Unfall gehört habe. Ich kann mich erinnern, dass, kurz bevor ich zu Hause war, ein Auto von der Schnepfegg herunterfuhr. Es war nicht silbrig, sondern weiß, aber hundertprozentig sicher bin ich mir nicht.

Hanna, iss weiter, es wird kalt!«

Schnell steckte das Mädchen eine Nudel mit den Fingern in den Mund.

»Wohin ist das weiße Auto gefahren?«

»Richtung Hilkat oder Schönenbach, denke ich. Als ich die Haustür aufgeschlossen hatte, hörte ich noch eines, ich hab mich aber nicht mehr umgedreht«, führte sie nach einem Zögern weiter aus.

Das Auto in Richtung Hilkat könnte die Anruferin gewesen sein, aber wer war kurz nach ihr über die Schnepfegg gefahren?

Sie parkten auf dem Gehsteig.

»Bleibst du immer auf dem Gehsteig stehen?«, fragte Koch.

»Kein Mensch lässt bei uns den Wagen einfach auf der Straße stehen. Wir sind ein Dorf. Ist in Ordnung. Und Schneider ist heute in anderer Mission unterwegs.« Waldinger schloss die Autotür voller Elan und ging die fünf Schritte zur Eingangstür. Ein Windspiel bimmelte leise Töne.

Eine große Blondine mit Edelsteinen auf dem Eckzahn öffnete und bat sie herein.

Waldinger hatte das Gefühl, einen von Helgas geliebten Esoterikläden zu betreten. Raumspray ließ ihn im Atmen innehalten. An den Fenstern glitzerten Kristallanhänger und Mobiles, und selbst über der kleinen Couch musste ein Traumfänger seine Dienste leisten.

Im Wasserkrug schwamm einem Sammelsurium aus Urlaubsmitbringseln, und Schutzengel hockten auf jedem Regal.

»Möchtet ihr was trinken?«, fragte die Lehrerin gastfreundlich. »Allerdings hab ich nur Wasser im Angebot, das jedoch angereichert mit Ur-Informationen aus alten Bergkristallen.«

»Danke, nein!«, erwiderte Waldinger.

»Wir wollen nicht lange stören. Wann bist du letzten Samstag vom Clubheim nach Hause gegangen?«

Sie schenkte sich ein Glas Wasser ein, blieb aber stehen.

»Möchtet ihr euch setzen?«

Koch schüttelte den Kopf.

»Ich denke, irgendwann zwischen drei und vier. Genau weiß ich es leider nicht. Ich habe weder Uhr noch Handy dabeigehabt.«

»Ist dir jemand oder etwas aufgefallen?«, fragte Waldinger.

»Nur Murmel.«

»Du hast Murmel gesehen? Bist du dir sicher?«, hakte Waldinger nach.

»Gesehen nicht, aber ich kenne seine Stimme. Ich bin bei der ›Taube‹ über die Straße gelaufen. Vom Feuerwehrhaus unten hab ich ihn gehört. Er hat gesungen. ›Die Fischerin vom Bodensee‹, und das singt in Bizau nur Murmel, wenn er einen Schnaps zu viel erwischt hat.«

»Da hast du recht, das war er bestimmt«, erwiderte Waldinger.

»Hast du Feurstein gesehen?«

»Nee«, sagte sie. Ihr Grinsen ließ sich nicht deuten.

Auf dem Weg nach Reuthe fuhren sie hinter dem Postbus her. Nur wenige Einheimische nützten ihn. Im Sommer hingegen war die Busse voll mit Gästen. Mit der Bregenzerwaldcard konnten Touristen nicht nur Bergbahnen und Schwimmbäder gratis nutzen, auch die öffentlichen Verkehrsmittel waren gratis. Der Bus blieb an keiner Haltestelle stehen. Keine Menschenseele wollte ein- oder aussteigen. Dafür fuhr er möglichst langsam, um die Zeiten dennoch einzuhalten. Mit Koch auf dem Beifahrersitz wollte Waldinger kein riskantes Überholmanöver riskieren, und so fuhren sie hinter dem Bus her bis zum Holzbauwerk.

Dort bog Waldinger links ab und gab Gas. Steil und eng ging es ein paar hundert Meter den Hügel hinauf. Relativ abgelegen war es hier, und es hatte ihn schon öfters gewundert, was so viele junge Paare dazu brachte, hier ihre modernen Holzhäuser bauen zu lassen. Vor einem der Häuser auf der rechten Straßenseite parkte er seinen Wagen. Doch, die Aussicht war traumhaft, und ruhig war es auch. Kein Durchzugsverkehr, das war mit Kindern Gold wert, wie er aus eigener Erfahrung wusste. Vielleicht gäbe es hier irgendwo noch einen Bauplatz für Martin. Er musste mal mit seinem Ältesten reden. Jahrelang zur Miete leben, das war schließlich ein Fass ohne Boden. Aber ob es Annika hier nicht gar zu abgelegen war? Er konnte seine Schwiegertochter schlecht einschätzen. Er mochte sie, aber in einigen Bereichen vertrat sie reichlich eigenwillige Ansichten.

Lisi wurde blass, als sie die Tür öffnete. Doch sie fing sich schnell und bat Koch und Waldinger in ihre geräumige Wohnküche. Zwei Kinder im Hauptschulalter saßen konzentriert vor einer Videokonsole. Das Bügelbrett und vier volle Wäschekörbe nahmen einen großen Teil des Wohnraums und des Esstisches ein. Geschäftig räumte sie zwei Stühle frei.

Bon Jovi gab den Takt dazu.

Ein Kleinkind verstreute Sesamfischle auf dem Teppich.

»Mach dir keine Umstände, wir stehen, wir sind gleich wieder weg«, erbarmte sich Koch. Mittlerweile hatte auch sie begonnen, die Befragten zu duzen, zumindest die Jüngeren unter ihnen.

»Wie bist du Samstagnacht nach Hause gekommen?«, fragte Waldinger.

»Bei der ›Taube‹ hab ich mich von Christina verabschiedet. Dann bin ich auf den Dorfplatz gegangen. Beim Feuerwehrhaus wollt ich nicht warten, weil ich nicht mit Murmel herumstehen und mir sein Gequatsche anhören wollte.«

»Auf wen hast du gewartet?«

»Mark hat mich abgeholt, Lenas Vater.«

Sie deutete auf das Kind unter dem Tisch.

»Wie spät war es?«, wollte Waldinger wissen.

Vom Fernseher tönte Freudengeheul, die Kinder klatschten sich gegenseitig in die Hände.

»Es war kurz vor 4.00 Uhr. Das weiß ich deshalb, weil ich dem Babysitter die Stunden von 20.00 bis 4.00 Uhr bezahlt hatte.«

»Ein Babysitter?«

»Ja. Meine zwei Älteren sind zwar keine kleinen Kinder mehr, aber mit Lena alleine möchte ich sie nicht lassen. Lena wird im Dezember zwei.«

Die Kleine erwischte das Kabel vom Bügeleisen und zog daran.

»Nein, lass das!« Lisi nahm das Bügeleisen und stellte es auf den Schrank. Sie wischte sich eine Strähne aus der Stirn. Das Kind fing an zu weinen.

»Danke, das war's«, sagte Koch.

»Wir finden raus.« Waldinger war schon auf dem Weg.

Erleichtert schloss er die Tür hinter sich.

Ob auf dem Bödele schon Schnee lag? Waldinger freute sich immer über den ersten Schnee, aber mit seinen abgefahrenen Sommerreifen war der Achraintunnel auf jeden Fall die sicherere Alternative. Er musste die Winterreifen aufziehen lassen, sonst würde er demnächst zu Hause bleiben müssen.

Während der Fahrt nach Bregenz hingen Koch und Waldinger ihren eigenen Gedanken nach. Die Fragerei hatte keinen Durchbruch erzielt. Außer Murmel hatte kein Mensch ein verdächtiges Fahrzeug gesehen. Wollte der sich wirklich nur wichtigmachen?

Waldinger hoffte auf interessante Neuigkeiten von der Spurensicherung oder dem Labor und eilte in sein Büro.

Annette beendete gerade ein Telefonat. »Natürlich, gerne. Wiederhören und vielen Dank auch. Selbstverständlich.«

Waldingers Blick schweifte ungeduldig über ihren unordentlichen Schreibtisch.

»Ja, ja. Werde ich machen. Danke. Wiederhören.«

Mit einem lauten Seufzen landete das Gerät in der Station, doch Waldinger zeigte kein Mitleid.

»Wo sind die Berichte? Spusi, Labor, Fahrzeugtyp?«

Schulterzucken vonseiten seiner Sekretärin.

»Was? Noch keine Ahnung, kein Bericht? Wo sind wir denn hier? Wir arbeiten doch nicht beim Kundendienst der Telekom!«, polterte Waldinger entrüstet.

»Scheint so, dass sie sich mit etlichen Krankheitsfällen und dringenderen Sachen herumschlagen«, sagte Annette und stand auf.

»Noch jemand was zu kopieren?«

»Nein, danke.«

Waldinger kochte einen starken Kaffee und stellte vier verschiedene Tassen auf den Tisch.

Koch spendete eine Packung Lebkuchen dazu, wie Waldinger mit Freude zur Kenntnis nahm. Helga rückte vor dem ersten Dezember keinen einzigen Lebkuchen raus. Tradition.

Meuse und Schneider stapften durch die Tür.

»Diese Kälte! Ich glaube, der Schnee kommt heute schon«, stöhnte Meuse. Schneider grinste über seinem dicken Rolli. »Und? Etwas Interessantes erfahren?«, fragte Waldinger.

Meuse setzte sich, Schneider lehnte sich lässig an den Türrahmen.

»Nettes Büro habt ihr hier.« Sein Blick schweifte von Waldingers Schreibtisch über die Bodensee-Aquarelle eines Künstlers aus der Lebenshilfe bis zur blütenlosen Orchidee am kahlen Fenster.

Waldinger schenkte Kaffee ein. Der Geruch ließ das Büro geradezu gemütlich erscheinen. Alle griffen gerne zu.

Meuse nickte. »Sehr Interessantes sozusagen.«

Schneider nickte mit ihm im Duett.

»Ja, was denn, zefix?« Langsam wurde Waldinger ungeduldig. Er hasste solche Spielchen. »Raus mit den Fakten, alles auf den Tisch!«

Meuse kratzte sich am Ohr. »Unser Reinhold feiert nächste Woche seinen Fünfzigsten und hat bisher vergessen, seine Lieblingskollegen einzuladen.«

Waldinger blickte entnervt zu Schneider, der sich ein Grinsen nicht verkneifen konnte.

Annette steckte den Kopf durch die Tür und sagte in ihr Telefon: »Moment, ich stell Sie zum Kommissar durch!«, machte eine ernsthafte Miene und zog die Tür zu. Alle blickten auf den grünen Apparat, und beim ersten Klingeln war Waldinger dran. Er suchte nach einem gespitzten Bleistift und machte sich Notizen. Zwischendurch warf er seinen Kollegen erstaunte Blicke zu.

»Ja, danke. Wiederhören«, verabschiedete er sich und erklärte:

»Ein Rentner hat in seinem Waldstück in Schönenbach einen Kotflügel entdeckt. Er könne da noch nicht lange liegen. Und ratet, was das Teil für eine Farbe hat?«

»Silbrig«, antworteten sie im Chor.

Waldinger stellte sein Auto bei der Werkstätte ab und setzte sich in die kleine Imbissecke. Meistens traf er hier nur auf zwei oder drei Arbeitslose, die ihre Zeit totschlugen. Heute waren alle drei Stehtische besetzt, und an der Bar erwischte er den letzten freien Hocker. Es würde ein wenig dauern, der Andrang zum Reifenwechseln war enorm. Der Wetterbericht hatte den Werkstätten viel Arbeit beschert.

»Ein Salamibrot und eine Cola, bitte.«

Die Bedienung nickte.

»Heute geht's rund, oder?«, fragte Waldinger.

»Heute kommt alles zusammen«, seufzte sie. »Letzte Woche ist der Lehrling abgesprungen, seit Freitag der beste Mechaniker im Krankenstand, und dann hat ausgerechnet heute die Werkstätte in Au geschlossen. Das heißt, diese Kunden fahren auch alle zu uns.«

»Die haben heute zu?«

»Betriebsausflug. Dabei weiß doch jeder, dass immer alle genau dann zum Reifenwechseln kommen, wenn der Wetterbericht Schnee bringt. Keinen Tag früher.«

Waldinger musste leider zustimmen. Immer wieder nahm er sich vor, im nächsten Jahr früher daran zu denken.

Der Werkstattchef öffnete die Tür, die vom Imbiss in die Werkstatt führte, und rief: »Der rote Corolla und der silbrige Polo sind fertig.«

Der Mann neben Waldinger legte Kleingeld auf den Tresen und verschwand mit einer jungen Frau in die Werkstatt.

Das Salamibrot war wahrscheinlich von gestern.

»Trinkst du einen Kaffee?«

»Nein danke, der Chef erlaubt nicht, dass wir uns einladen lassen«, dabei rollte sie die Augen in Richtung Verkaufsraum.

Und dann war es an Waldinger, die Augen zu rollen. Feurstein trat mit einem breiten Grinsen im Gesicht an seine Seite und sagte: »Hast du den Platz für mich reserviert? Brauchst du auch neue Winterreifen?«

»Du kannst gerne beide Plätze haben«, grinste Waldinger zurück, »mein Wagen müsste mittlerweile fertig sein.«

»Schade, ich wollte dich noch fragen, was wir dir für ein Geschenk zu deinem Fünfzigerfest mitbringen können.«

»Ach, es ist mir Freunde genug, wenn ihr beide mit uns feiert«, sagte Waldinger und rannte förmlich nach draußen.

Lieber holte er sich kalte Finger, bevor ihm das Grinsen im Gesicht festfror.

Dienstag

Bizau, Schnepfau – Das verletzte Mädchen, das Samstag früh auf der Schnepfeggerstraße angefahren wurde, schwebt weiter in Lebensgefahr. Der Unfallverursacher ist noch immer flüchtig.

Nach mehreren Zeugenaussagen sucht die Polizei nun einen silbernen Wagen, der nach ihren Angaben zwischen 4.00 Uhr und 4.15 Uhr durch Bizau gefahren sein soll. Nach dem Fund eines Autoteils in einem Waldstück bei Schönenbach, welches möglicherweise zum Tatauto gehört, hofft die Polizei auf weitere Hinweise aus der Bevölkerung.

Waldinger fand den kurzen Artikel zwischen der Meldung über einen Arbeiter, der seinen kleinen Finger abgesägt hatte, und dem Bericht über einen Bauern, dessen Rinder sich in den Achraintunnel verirrt hatten.

Helga schenkte ihm grünen Tee nach und verkündete fröhlich: »Stell dir vor, gestern ist mir Agnes über den Weg gelaufen, und da habe ich sie eingeladen.«

»Wozu?«

»Na, zu deinem Fest natürlich.«

»So wie Meuse und Schneider, wunderbar.«

»Ja, sie hat sich auch gefreut und versprochen, Werner zu überreden mitzukommen.«

»Wen?«

»Was fragst denn so? Freu dich doch, nicht jeder hat so prominente Gäste auf seinem Fünfzigerfest!«

»Du weißt, dass ich ihn nicht ausstehen kann.«

»Du musst dich ja nicht lange zu ihm setzen, und so schlimm ist er auch wieder nicht.«

»Ich habe keinen Hunger mehr«, murmelte Waldinger und erhob sich.

»Willst du schon gehen? Ich hätte noch eine kleine Bitte.«

»Was denn?«

»Die Hermine hat mich gestern angerufen. Der Gebhard fällt dieses Jahr aus. Der fährt morgen für drei Wochen auf Kur. Und da du doch so eine tiefe, schön klingende Stimme hast, hat sie an dich gedacht. Na, was sagst du?«

»Ich habe dir doch schon oft versichert, ich will nicht zu eurem wunderbaren Kirchenchor!«, entgegnete er genervt und steuerte zur Haustür. Er nahm seine Jacke vom Bügel, und beinahe fiel sie ihm aus der Hand, als er Helga aus der Küche rufen hörte:

»Doch nicht zum Kirchenchor, Noldi, du sollst heuer einspringen als Nikolaus.«

»Guten Morgen!«, grüßte Annette ihn, obwohl er auch heute früh dran war. In der Bäckerei in Andelsbuch hatte er noch ein paar Lebkuchen gekauft und sich auf den Weg ins Büro gemacht.

Vom Bodensee zog Nebel durch die Stadt, aber in der Höhe würde es ein strahlender Tag werden. Der lang ersehnte Schneefall würde erst morgen einsetzen, hatten sie im Radio gebracht.

»Am besten, ich fahre nach Schönenbach und schau mir den Fundort des Kotflügels an. So ein Ausflug tut mir gut«, dachte Waldinger und brühte Kaffee auf. Er zog die Schuhe aus und legte die Füße auf den Schreibtisch. In der morgendlichen Bürostille genoss er die Lebkuchen. Der Kaffee war stark geraten. So ganz hatte er das Gerät noch nicht im Griff. Was soll es, ein Löffel Zucker dazu und gut. Als er die Kollegen auf dem Parkplatz erblickte, schlüpfte er in seine Schuhe und fuhr den PC hoch. Um acht ging er, pünktlich auf die Minute, zu Willi.

»Ich habe gehört, du wünschst dir zum Geburtstag ein paar Rinder«, sagte Willi, als Waldinger die Tür zu dessen Büro öffnete.

Meuse grinste ihm entgegen, und Koch hatte zumindest so viel

Anstand, beschämt auf ihre Schuhe zu starren. Die beiden hatten sich die zwei Besucherstühle geschnappt, und Waldinger lehnte sich mit einem Seufzer gegen die Fensterbank.

»Kann das Teil von unserem gesuchten Wagen stammen, und könnt ihr jetzt endlich rausrücken, um welches Modell es sich handelt?«, knurrte er verärgert.

Die gute Lebkuchenlaune hatte nicht lange angehalten.

»Wohl schlecht geschlafen«, kommentierte Willi.

»Aber es könnte durchaus zusammenpassen. Der Kotflügel deutet zumindest auf einen Subaru Justy älteren Baujahres, genau wie die restlichen überprüften Splitter und Scherben.«

»Ein Justy? Und wo war er versteckt?«

»Es war nicht versteckt. Kennst du dich aus in der Gegend? Sicher. Auf der Kuppe, kurz bevor du Schönenbach erreichst, macht die Straße eine scharfe Kurve. Ich denke, jemand hat den Kotflügel einfach den steilen Abhang hinuntergeschmissen.«

»Könnte er gestört worden sein, als er ihn verstecken wollte?«

Willi nickte.

»Wahrscheinlich hat er mit niemandem gerechnet. Die Bauern sind mit ihrem Vieh schon vor Wochen weggezogen, und die zwei Ausflugslokale schlossen beide nach dem ersten frühen Schnee Mitte Oktober. Momentan wird das eine davon, das ›Holzerstüble‹, umgebaut, deshalb waren die letzten Tage Handwerker und Schwarzarbeiter unterwegs. Dadurch ist ein Auto mehr oder weniger aber leider auch nicht aufgefallen.«

»Dann fahren wir am besten gleich zum ›Holzerstüble‹, wer kommt mit?«, fragte Waldinger.

Koch meldete sich sofort, und Willi merkte an: »Die bauen jetzt sogar separate Toiletten für Männlein und Weiblein.«

»Und was bleibt mir?«, fragte Meuse lustlos.

»Du fährst nach Bezau und erkundigst dich in der Schule nach Judith und Marina. Da sollen noch mehrere Schulkollegen auf dem Kathrinatag gewesen sein. Vielleicht ergibt sich da ein Anhaltspunkt. Frag, ob sie Jürgen kennen und was ihnen sonst an dem Abend aufgefallen ist. Wer von ihnen nach Bizau musste, wie er da hinkam und so weiter. Mach dir ein Bild von den Mädchen. Vielleicht war der Unfall kein Zufall.«

Meuse nickte nachdenklich.

Sie fuhren auf der B200 von Egg nach Andelsbuch. Waldinger hatte das Radio auf hohe Lautstärke gestellt. Jetzt drehte er es leiser und sagte:

»Der Nebel wird immer dünner. Spätestens in Andelsbuch strahlt die Sonne vom Himmel.«

»Das wird ein traumhaftes Wetter heute. Ich war noch nie in Schönenbach, aber es soll ja eine wildromantische Gegend sein. Ich freu mich darauf«, erwiderte Koch.

»Der Name kommt nicht von ungefähr. Ich glaube, dort schlängelt sich der schönste Bach der Welt durch die Wiesen. Unbegradigte Bachläufe sieht man leider nur noch selten. Es wird dir gefallen, auch wenn es im November sehr einsam sein wird.«

Wenig später hatte die Sonne den Nebel endgültig aufgelöst. »Was sollte die Bemerkung mit den Rindern?«, fragte er Koch. »Macht ihr euch über mich lustig?«

»Ach, nimm es nicht so wichtig. Deine Frau hat Meuse erzählt, dass du immer Bauer werden wolltest, das ist alles.«

»Und dass sie mich dann nicht geheiratet hätte, ich kenne diese Geschichte«, erwiderte er, und in Gedanken fügte er hinzu: »Dann müsste ich auch kein Nikolaus sein.«

Die schmale asphaltierte Straße von Bizau nach Schönenbach führte am Bizauer Bach entlang. Es war schattig, kühl. Unbemerkt passierten sie das liebevoll gepflegte Holzhäuschen, in dem es sich üblicherweise der Kassier der Weggenossenschaft gemütlich machte. Ende November urlaubte sogar dieser.

Das Tal wurde immer enger, ab und zu zweigte ein Forstweg in unwegsames Gelände ab.

Es war fast halb zehn, als sie an der von Willi beschriebenen Stelle ankamen. Das nasse Laub lag in dicken Haufen unterhalb der steilen Böschung. Die weiß-roten Bänder flatterten raschelnd und stahlen der natürlichen Landschaft ihren Reiz. Auch wenn die Spurensicherung ihre Arbeit schon geleistet hatte, machte sich Waldinger gerne selbst ein Bild vom Fundort.

Seine bürotauglichen Lederschuhe tauschte er gegen die Bergschuhe aus seinem Kofferraum und sagte zu Koch: »Hier ist es ziemlich steil, willst du mit runter?«

Koch nickte und gemeinsam schlitterten sie durch das feuchte Laub nach unten. Koch putzte sich ihre Hände an einem Papiertaschentuch halbwegs sauber und schaute skeptisch nach oben. Ihr war schleierhaft, wie sie wieder auf die Straße gelangen würde.

Waldinger war unter einem der Absperrbänder durchgeschlüpft und stocherte mit den Fußspitzen im Laub. »Alles feucht und modrig. Kein Wunder, dass die Spusi nichts Verwertbares gefunden hat. Aber zumindest bin ich mir jetzt sicher, dass der Kotflügel von der Straße oben entsorgt wurde.«

»Warum?«, fragte Koch.

»Weil hierher kein Weg führt und niemand mit einem Kotflügel unter dem Arm mehrere hundert Meter über diese feuchte Moorwiese wandert.«

»Da hast du wahrscheinlich recht, aber wie kommen wir jetzt zurück zum Auto?«

»Du kannst über die Wiese laufen. Vorne beim Stacheldrahtzaun rechts halten, und dann kommst du zu einem Weiderost. Ich klettere hier zurück und warte vorne mit dem Wagen auf dich.«

Waldinger schaffte es mit Mühe, wieder auf die Straße zu gelangen. Er lehnte sich an das Auto und beobachtete Koch, die mit vorsichtigen Schritten die feuchte Wiese überquerte.

»Nein, das Autoteil kam bestimmt von hier oben«, murmelte er vor sich hin und versuchte, mit etwas Spucke die Flecken auf seiner Hose wegzuputzen. Leider war das Ergebnis nicht zufriedenstellend.

Seufzend stieg er ein und fuhr langsam in Richtung Weiderost. Nach wenigen Minuten tauchte seine Kollegin mit durchtränkten

Schuhen auf und nahm auf der Beifahrerseite Platz.

»Hoffentlich bin ich morgen nicht krank«, meinte sie. »Nasse Füße vertrag ich überhaupt nicht.«

Waldinger startete und legte den ersten Gang ein.

»Ich dreh die Heizung auf, das trocknet wieder.«

Sie fuhren über den Weiderost, und da erstreckte sich Schönenbach vor ihnen. Abgegraste Wiesen, spät gemähte Feuchtgebiete und der kleine Bach, der dem Tal seinen Namen gab.

Waldinger ignorierte das Fahrverbotsschild beim großen Besucherparkplatz und fuhr langsam an der neu renovierten Kapelle vorbei. Mit einem Seitenblick zu Koch erklärte er:

»Ein beliebtes Hozigkapellele.«

»Bitte?«

»Heute heiraten hier Paare aus nah und fern. Ist in sozusagen.«

»Aha.«

Vor dem bekannten Ausflugslokal bog Waldinger rechts ab und lenkte seinen Wagen wenige geschotterte Kurven später auf einen Parkplatz voller Schlaglöcher.

Sie stiegen aus und schlossen beide ihre Jacken fast bis zur Nasenspitze. Die Sonne war noch hinter einem der nahen Berggipfel versteckt. Sie waren hier nicht allein.

»Kunz« stand auf einen Lieferwagen, der Name einer früher rustikalen, heute aber modernen Tischlerei aus Bizau.

»Berger« lautete der bekannte Schriftzug auf dem kleineren Transporter.

»Diese Wagen mit der Aufschrift ›Berger‹ sieht man mittlerweile überall. Was transportieren die denn?«, wollte Koch wissen.

»Alles«, sagte Waldinger. »Ob du mit deinen Kühen auf die Alpe willst, deinen Wohnort nach Wien verlegst, ein Ersatzteil für dein Auto brauchst: ›Berger‹ ist immer unterwegs. Mittlerweile ist er der größte Arbeitgeber in Bizau und beschäftigt über vierzig Fahrer.«

»Und Fahrerinnen!«, tönte ein weibliche Stimme hinter ihnen.

Sie drehten sich um. Eine junge Frau mit unbändigen Locken

und verrauchter Stimme sagte: »Da rostet nix, die Blinker funktionieren, überladen hab ich nicht, und alle Papiere sind in Ordnung.«

Sie nahm einen tiefen Zug von der Zigarette.

»Was hast du heute hierhertransportiert?«

»Falls euch das was angeht, dann fragt am besten den Eberle.«

Sie zog ihren riesigen Schlüsselbund aus der blauen Arbeiterhose, rasselte damit, warf die Zigarettenkippe in den Matsch und stieg ein. Daneben standen vier private Fahrzeuge. Ein weißer Subaru Kombi mit den noch zu montierenden Winterreifen im Kofferraum; ein vollbespritzter, grüner Jeep älteren Baujahres; ein ehemals roter Justy mit offenem Kofferraum und einem Sammelsurium verschiedenster Werkzeuge darin; ein kennzeichenloser Golf mit einem Kofferraum voller Fliesen.

Der Transporter startete geräuschvoll und hinterließ eine Abgaswolke und Spuren im Schotter.

»Wir sind in Zivil. Wieso erkennt man uns selbst hier?«, wunderte Koch sich.

»Sie war einige Jahre mit einem Nachbar von mir zusammen. Ist aber schon eine Zeit lang her. Pass auf: rutschig hier«, erklärte Waldinger, als er den gefliesten Eingangsbereich betrat.

»Holla, jemand da?«

Zwei kleine Kinder mit dicken Windeln, Strumpfhosen, Sweatshirts und Rotznasen blickten vorsichtig um einen Türrahmen. Im hinteren Teil des Hauses schienen viele schnelle Stiefelschritte zu verhallen. Da kam der Hausherr mit nicht ganz echtem Lächeln auf sie zu und entschuldigte die Unordnung.

»Wir bauen um, hoffentlich werden wir fertig, bevor es richtig kalt wird. Im Moment können wir nicht einmal ordentlich heizen.«

»Wohnt ihr das ganze Jahr über hier?«, erkundigte Koch sich erstaunt.

»Na ja, solange die Kinder nicht in die Schule müssen. Aber die Kaffeemaschine funktioniert. Setzt euch, wenn ihr einen Platz findet.«

Die Kinder verschwanden in einem anderen Raum und stritten sich um einen Kran.

»Immer wollen beide das Gleiche haben«, Eberle zuckte mit den Schultern.

Über ihnen wurde hart gearbeitet. Die Kreissäge hallte im ganzen Haus wider.

»Was hat Berger geliefert?«, rief Waldinger, gegen den Lärm von oben ankämpfend.

»Unsere neue Couch, aber die steckt noch im Plastik, bis wir mit den staubigen Angelegenheiten fertig sind.«

Eberle ging drei Stufen die Treppe hoch und lärmte:

»Alex, Paul, macht Brotzeit!«

Der Lärm verstummte. Ein staubiger Haarschopf wurde sichtbar: »Was ist los?«

»Macht kurz Pause, bei dem Lärm versteht man ja sein eigenes Wort nicht.«

Zwei junge Männer gesellten sich zu ihnen an die fleckige Biertischgarnitur und packten ihre Vesper aus.

Der Anblick und der Geruch der Landjäger brachten Waldingers Magen leise zum Knurren. »Wem gehören die vielen Autos auf dem Hof?«, fragte er.

»Ach, das sind die Jäger. Die haben mit der Wildfütterung auf der Haldenalpe begonnen. Warum seid ihr hier?«

»Schick mir die Männer auf den Posten in Bezau, zum Schneider. Es geht um eine kurze Routinebefragung all derer, die in den letzten Tagen in Schönenbach waren.«

»Ich habe hier zwar keine Zeitung, aber es geht um den silbernen Kotflügel?«

»Genau. Ist dir etwas aufgefallen?«

»Nee, leider.«

»Vielleicht ein Auto in der Nacht, Geräusche, Lichter?«

»Tut mir leid, da kann ich nicht weiterhelfen, mir ist nix aufgefallen.«

Eberles Frau kam kurz herein: »Habt ihr Durst? Ein Bier oder ein Radler kann ich euch anbieten.« Sie hatte drei staubige Flaschen in der Hand. Koch schüttelte den Kopf, und auch Waldinger lehnte dankend ab.

»Paul, du vielleicht, oder Alex?«

Beide hatten den Mund voll. Paul kaute und schluckte: »Danke, a Radler wär super.«

Waldinger zog sein Notizbuch aus der Tasche. »Wer war in den letzten Tagen auf der Jagd oder auf der Baustelle?«

»Nicht auf der Jagd. Sie füttern das Rotwild und haben in den letzten Tagen Heu abgeladen und in verschiedene Hütten verteilt.«

»Wer?«

Eberle kratzte sich unter seiner Schirmmütze und sagte: »Thomas, Hubertus, Mathias, Edwin, Sepp und Wilfried. Aber ich will nicht, dass sie Ärger bekommen.«

»Keine Sorge«, erwiderte Waldinger.

»Wir brauchen nur ihre Aussagen, wir sind von der Kripo, nicht von der Gebietskrankenkasse.«

Eberle grinste schräg und kratzte sich noch einmal intensiv durch sein Haar.

»Und melde dich, wenn dir noch was einfällt.«

Auf dem Rückweg piepste es anhaltend in Waldingers Jackentasche.

Ungeduldig nestelte er sein Handy hervor, und da ihm gerade ein Wagen entgegenkam, drückte er das Telefon Koch in die Hand und konzentrierte sich auf das Vorbeifahren. Rechts standen Fichten im Weg, und links ging es runter an den Bizauer Bach. Es nützte nichts. Er schnallte sich ab, legte den Arm um die Nackenstütze und fuhr rückwärts. Sein Gegenüber fuhr bestimmt nicht zurück. Mercedesfahrer können das gar nicht.

»Annette hat an die zehn Mal versucht, dich zu erreichen«, Koch tippte auf der Tastatur herum.

Ein angestrengtes Murmeln war die Antwort.

Endlich hatte Waldinger eine schmale Ausweichstelle erreicht. Der Sternfahrer winkte freundlich. Das deutsche Autokennzeichen machte ihn für Waldinger auch nicht sympathischer. Wortlos nahm er das Handy wieder an sich und drückte die Rückruftaste.

»Hattest du in Schönenbach kein Netz?«, fragte seine Sekretärin.

»Anscheinend nicht. Was ist los?«

»Ich versuche schon den ganzen Vormittag, dich zu erreichen. Ein Polizist aus Au hat angerufen. Ihnen wurde ein Einbruch in eine Autowerkstätte gemeldet. Es fehlt Werkzeug.«

»Seit wann?«

»Am Freitag war noch alles da. Zum dreißigjährigen Firmenjubiläum hatte der Chef seiner Familie und den Angestellten ein Wochenende in Südtirol spendiert. Die Werkstatt war zu, also muss es zwischen Freitag und Montagnacht passiert sein. Sprich am besten selbst mit ihm.«

»Werkzeug aus einer Autowerkstatt, das könnte passen«, sagte Koch.

»Morgens gebracht, so schnell wie möglich gemacht!«

Ein riesiges Plakat mit einem Foto von Vater und Sohn, lächelnd und mit erhobenem Daumen, prangte an der Außenfassade des neu renovierten Verkaufsraums in Au. Auf ihren Köpfen zwei dunkle Schirmmützen, lehnten sie an einem Reifenstapel und freuten sich.

»Nichts ist unmöglich!«

Und auch Koch erkannte, dass es sich um eine Toyota-Werkstätte handeln musste.

»Ich mag keine Autohändler«, flüsterte sie. »Aber der Typ auf dem Plakat kommt mir bekannt vor, der Junge.«

Und Waldinger blickte auf die neuen Vorführmodelle und murmelte: »Sonst fällt mir gar nie auf, wie alt mein eigenes Modell schon ist.«

Der Chef persönlich führte sie vom Empfangsbüro durch den modern gestalteten Verkaufsraum in sein Büro mit Blick auf die Bregenzerache.

Während sie in gepolsterten Sesseln Platz nahmen, entschuldigte er sich kurz und ließ sie allein: mit Prospekten des geräumigen Versos, des kompakten Yaris und des schnittigen Avensis.

Als er mit einem Tablett mit zwei hohen Tassen darauf zurückkam, freute Waldinger sich auf einen starken Kaffee.

»Ihr trinkt doch Tee? Grüner Tee ist ein Wundermittel, er wird euch bestimmt schmecken und guttun. Ich trinke ihn täglich.«

Mit diesen Worten nahm er hinter seinem Monstertisch Platz und schenkte sich Wasser aus einer Glaskaraffe nach.

Brauner Zucker, weißer Zucker und Kandiszucker in drei kleinen Extraschälchen verlockten Koch zum Zugreifen.

Waldinger bedankte sich höflich, rührte die Tasse aber nicht an.

»Wie war es in Südtirol?«

»Danke, herrlich, nur zu empfehlen. Aber die Auer Polizei war schon da und hat den Schaden aufgenommen. Um was geht es also?«

»Wo verwahrt ihr euer Werkzeug?«

»Wieso? Waldinger, du bist doch bei der Kripo, oder täusche ich mich?«

»Richtig. Vielleicht besteht ein Zusammenhang zwischen der Fahrerfluchtsache auf der Schnepfegg und dem fehlenden Werkzeug. Wir möchten einfach jeder Spur nachgehen.«

Der Autohändler nickte bekümmert.

»Man kennt ja Gassers. Sie sind Kunden von mir. Und ich von ihnen. Man isst schließlich ausgezeichnet auf der Schnepfegg. Furchtbare Geschichte. Aber ich sehe da keinen Zusammenhang.«

Koch trank den Tee in kleinen Schlucken. Waldinger räusperte sich ungeduldig. »Möglicherweise wurde das Tatauto in seine Einzelteile zerlegt und entsorgt. Dazu braucht jemand Werkzeug.«

»Ich verstehe. Das könnte wirklich passen. Der Werkzeugschrank befindet sich zwischen Empfangsbüro und Hebebühne, ich kann euch zeigen, wo das ist.«

»Wie kam der Dieb in die Werkstatt?«

»Das ist mir ein Rätsel. Alle Türen waren abgesperrt, alle Fenster geschlossen bis auf einen kleinen Lichtschacht Richtung Bach. Aber dort könnte sich nicht einmal unser jüngster Lehrling durchzwängen, wir haben das ausprobiert.«

»Wer hat einen Schlüssel zur Werkstatt?«

»Meine Frau, meine Tochter und der Werkstattleiter. Und ich natürlich. Aber wir waren alle gemeinsam in Südtirol.«

»Hat dein Sohn keinen Schlüssel?«, fragte Waldinger verwundert.

Die Miene des Mannes verfinsterte sich. Er runzelte die Stirn und kniff ein Auge zu. Waldinger hatte den Eindruck eines Migräneanfalls. Doch es dauerte nur eine Sekunde, seine Gesichtsmuskeln entspannten sich, und er erklärte:

»Tut mir leid, ich habe keinen Sohn.«

Sein Blick wanderte unruhig hin und her, dann fasste er eine Bewegung im Verkaufsraum auf. Durch die Scheibe hinter Waldingers Rücken blickend, sagte er:

»Meine Frau wird euch in die Werkstatt führen. Sicher möchtet ihr euch vor Ort ein Bild über den Schaden machen. Ich muss mich leider entschuldigen, wie ich sehe, ist Kundschaft auf dem Weg zu mir.«

Waldinger und Koch drehten sich um und sahen den Leiter des Vorarlberger Kulturamtes durch den Verkaufsraum schlendern.

Der Autohändler eilte freudestrahlend auf ihn zu.

»Feurstein schon wieder! Der fährt doch Mercedes«, flüsterte Waldinger, aber da kam die Frau des Autohändlers und begleitete sie in die Werkstatt.

Durch deckenhohe Glasscheiben sahen sie eine Sekretärin am Computer sitzen.

»Katharina, unsere Tochter!«, verkündete Frau Hänsler stolz.

»Wie heißt denn euer Sohn, der auf dem großen Plakat zu sehen ist?«, fragte Koch unschuldig.

Ein Schatten fiel auf ihr Gesicht, und ihre Stimme hatte den Stolz verloren, als sie sagte: »Hubert.«

»Arbeitet er auch in der Werkstatt?«

»Nein, seit fast zwei Jahren nicht mehr. Rudl und Hubert waren selten einer Meinung, und immer wieder ging's ums Geschäft. Sie kennen ja diese Generationenkonflikte. Wenn der Vater mit dem Sohne … es geht nicht immer gut«, seufzte sie.

»Aber das Plakat …«, warf Waldinger ein.

»Das war schon in der Druckerei. Es kostete eine Stange Geld. Hier ist der Kasten.«

Am Werkzeugkasten waren keine Spuren von Gewalteinwirkung festzustellen.

»Hat Hubert noch einen Schlüssel für den Betrieb?«

»Er war seit dem Streit nie mehr hier. Ich habe ihn nicht mehr gesehen.«

Waldingers Blick fiel auf die Hebebühne. Ein silberner Wagen mit einer ordentlichen Beule an der rechten Vorderseite stand darauf. Er ging näher ran.

»Der Schaden ist nicht neu. Meiner Tochter ist vor zehn Tagen im Auer Wald ein Hirsch vors Auto gerannt. Sie kann von Glück reden, keine ernsthaften Verletzungen davongetragen zu haben.«

Koch fühlte sich beobachtet. Als sie sich umwandte, machte Katharina sich schnell an der Tastatur zu schaffen.

Es war schon ein Uhr vorbei, und Waldingers Magen knurrte immer deutlicher.

»Leberkäs an der Tankstelle oder etwas Ordentliches?«, fragte er Koch.

»Das fragst du mich?«, lachte sie. »Leberkäs hängt mir, schon seit ich bei der Polizei bin, zum Hals heraus.«

»Dann gehen wir in die Ur-Alp. Die haben offen. Ansonsten ist Ende November ja eh fast überall Betriebsurlaub.«

Der Wirt begrüßte sie herzlich. »Das freut mich, aber du, Waldinger, hast dich schon länger nicht mehr blicken lassen. Wie geht's? Aber nicht, dass du heute auch beruflich da bist, ich hab doch deiner Kollegin gestern schon Rede und Antwort gestanden.«

»Der Hunger treibt uns her.«

»Das gefällt mir. Hier, setzt euch doch gleich an den Stammtisch. Die Käsesuppe heute ist sensationell, und auf dem Grillteller haben wir nur Fleisch von unseren Alpschweinen und den Ochsen vom Bio-Lingg. Möchtet ihr Pommes dazu? Oder für die junge Dame lieber einen Salat?«

»Beides«, antwortete Koch.

»Für mich auch«, nickte Waldinger.

»So machen wir's.«

Den Topfenstrudel zum Dessert lehnten beide ab, doch der Wirt ließ es sich nicht nehmen, ihnen noch einen Schnaps für die Verdauung zu bringen.

»Aber nur, wenn du einen mit trinkst.«

Die letzten Mittagsgäste verließen die urige Wirtschaft, und der Chef setzte sich zu ihnen.

»Habt ihr schon eine heiße Spur?«, fragte er neugierig.

»Keiner will was gesehen haben.« Waldinger schüttelte den Kopf.

»Nur unter uns: Am Kathrinatag war niemand nüchtern. Schon gar nicht nachts. Das Spektakel beginnt ja schon nach der Messe. Das ist dann ein langer Tag. Ich will euch gar nicht erzählen, wie viele Liter Glühmost ich gekocht habe. Jedes Jahr brauche ich noch mehr. Die Leute trinken, als gäb's kein Morgen.«

»Und wie kommen sie dann heim?«, fragte Koch.

»Taxi ist schwierig. Der einzige Fahrer hier in der Gegend ist meist selbst angestochen. Und wer kein Glück hat und keinen halbwegs nüchternen Chauffeur findet, der wartet in irgendeiner kalten Ecke, bis am Morgen um halb sechs der erste Postbus fährt. Der wird dann regelmäßig vollgekotzt.«

»Früher sind wir alle trotzdem selber gefahren, auch über die

Schnepfegg«, erinnerte Waldinger sich. »Ich habe geglaubt, es ist besser geworden.«

»Anders, nicht besser. Aber leider kann ich euch auch nicht helfen, den Feigling zu finden. So etwas hätte es zu unseren Zeiten nicht gegeben.«

Sie tranken den Schnaps auf ex.

Im Wagen suchte Waldinger ein Päckchen Kaugummi und telefonierte mit Meuse.

»Er ist mit den Schulfreundinnen so gut wie durch. Wir können ihm aber noch Marinas Busenfreundin abnehmen, die krank daheim im Bett sein müsste. Sie wohnt in Mellau.«

Sie war tatsächlich zu Hause, aber krank sah sie nicht aus. Scheinbar verlegen ließ Jenny ihren dunklen Pony über die Augen fallen und verschränkte die Hände vor der Brust.

»Ich hab sturmfrei. Und das nur einmal im Jahr.«

»Können wir kurz reinkommen?«, fragte Waldinger.

Sie öffnete die Haustür ganz und trat drei Schritte zurück. Koch und Waldinger folgten ihr ins Wohnzimmer. Die Schülerin schaltete den Fernseher aus und sammelte Chipstüten und Zeitschriften zusammen.

»Bitte schön.«

Waldinger setzte sich auf einen mit Ziegenfell überzogenen Hocker. »Du bist Marinas beste Freundin?«

»Wer sagt das?« Die Wimpern klimperten.

»Wenn du dich auf Antworten beschränkst, kannst du dir gleich weiter deine Soaps reinziehen«, erwiderte Koch ungewöhnlich scharf.

»Ok. Ich bin eine Freundin von Marina.«

»Warst du auf dem Kathrinatag?«, fragte Waldinger weiter.

»Ja.«

»Kennst du Judith?«

Jenny verschränkte Arme und Beine und nickte.

»Du hast von dem Unfall gehört.«
Nicken.
»Es geht ihr schlecht. Um den Fahrer des Wagens zu finden, ist jede Beobachtung für uns wichtig. Mit wem hat Judith gesprochen, wie war sie drauf, hatte sie Streit, oder ist sie verliebt?«
»Wieso soll ich das wissen?«
»Wir fragen alle Mitschüler.«
»Dann wisst ihr bestimmt schon alles.«
»Was? Alles?«
Waldinger stand auf und lehnte sich an die Fensterbank.
»Na, dass Judith nicht so engelhaft ist, wie sie aussieht.«
»Wie meinst du das?«
»Die verdreht doch allen die Augen, wenn sie mal aus der Einöde wegkommt. Die holt dann alles nach.«
»Wem hat sie am Freitag den Kopf verdreht?«
»Na, Jürgen.«
»Apropos Jürgen, wie bist du nach Hause gekommen?«
Frech schaute Jenny Waldinger in die Augen.
»Mit Kathrins Aufriss.«

Die Sonne stand schon tief, als Waldinger auf die Bundesstraße einbiegen wollte. Er hatte den linken Blinker bereits gesetzt, fuhr dann aber doch rechts.
»Wo willst du noch hin?«, fragte Koch.
»Ich fahr über die Schnepfegg. Dominik füttert wahrscheinlich gerade seine Hasen.«
»Wer ist Dominik?«
»Judiths Bruder. Ich hab ihm versprochen, heute wieder vorbeizukommen.«
Selbst im Sonnenschein wirkte die Bergstraße dunkel und unheimlich. Die Fichten ließen kaum Licht durch, und die alte Mauer erinnerte Koch an irgendwelche Gruselfilme. Erst nach der Unfallstelle ging der Wald in steile Wiesen über, und die Sonne blendete sie.

Waldinger hatte recht. Mit drei gefüllten Wasserflaschen im Arm ging Dominik zu den Hasenställen hinunter. Koch blieb beim Wagen, Waldinger ging ihm langsam hinterher.

»Kann ich dir helfen?«, fragte er, als Dominik ihn bemerkt hatte. Der Junge gab ihm eine Flasche und zeigte ihm, wie diese kopfüber ans Gitter gehängt wurde. Gleich kam ein neugieriges Zwergkaninchen und leckte an dem kleinen Zapfen.

»Wie viele Tiere hast du hier?«

»Jetzt sind es nur sieben. Im Sommer aber mehr. Dann sind sie in dem großen Gehege unter der Terrasse. Judith hilft mir dann immer am Abend, alle einzufangen. Hier gibt es Füchse.«

Waldinger rupfte ein Gras aus und schob es durch das Gitter. Das Kaninchen knabberte daran, bald war nichts mehr übrig.

»Sonst kriegen sie alles, was beim Salat- und Gemüseputzen übrig bleibt, aber Mama hat heute nicht gekocht.«

Er zog eine Handvoll Karotten aus der Tasche seines Anoraks.

»Ich durfte heute Nachmittag mit ins Spital. Es war blöd. Judith kann nicht sprechen, und die Krankenschwester hat immer nur mit David geredet. Als wäre er ein Baby, dabei kapiert er viel mehr, als die Leute alle denken. Er kann sich alles merken, und sie hat ihm alles dreimal erklärt. Mit mir hat niemand gesprochen. Aber ich wollte ganz lange bei Judith bleiben, aber Papa wollte gleich wieder gehen. Ich wollte aber Judiths Hand nicht loslassen. Sie war kalt.«

Waldinger nickte ernst.

»Ich will morgen wieder hin. Papa arbeitet gar nicht mehr. Er will nicht mehr aufmachen. Und Mama sitzt am Computer und trinkt Schnaps. Aber das soll ich niemandem sagen. Sie schickt die Gäste weg. Die sollen an Weihnachten zu Hause bleiben, schreibt sie ihnen. Und Richie hat Angst, dass er arbeitslos wird.«

»Wer ist Richie?«

»Unser Koch. Der wollte arbeiten kommen, aber sie haben ihn wieder nach Hause geschickt. Er hat Angst. Ich hab gehört, wie er am Handy erzählt hat, dass er jetzt keine Arbeit mehr findet.

Für diesen Winter ist es zu spät, hat er gesagt, und dass Mama und Papa nicht mehr aufmachen wollen.«

»Das hast du gehört?«

»Ja, er hat auf dem Parkplatz telefoniert, und ich habe gleich hinter dem Brunnen Blätter gesammelt. Ich war ganz leise.«

»Soll ich noch mal mit deinen Eltern sprechen?«, fragte Waldinger.

Der Junge schüttelte den Kopf. Er nahm ein Kaninchen aus dem Stall und streichelte es zärtlich.

»Sie wollen mit niemandem reden. Der Felder, den Doktor, den haben sie auch wieder fortgeschickt. Der ist aber ganz anders als die Ärzte im Krankenhaus. Viel netter. Trotzdem will ich morgen wieder mit zu Judith. Sie hat sich gefreut, dass ich sie besucht habe.«

»Da bin ich mir ganz sicher, dass sie sich gefreut hat. Den Hasen geht es gut bei dir. Und Judith auch.«

Dominik nickte.

»Die Sonne geht unter. Ich muss rein«, sagte er. »Auch wenn ich niemandem fehlen würde«, fügte er leise hinzu und setzte das Tier behutsam in seinen Stall zurück.

Nachdenklich legten sie den Weg nach Bregenz zurück. Beide waren gespannt, was Meuse über Judith erfahren hatte. Mit Kathrin wollte Waldinger erst zu Hause in Ruhe telefonieren. War seine Tochter tatsächlich auf dem Kathrinatag gewesen, und er wusste nichts davon? Was für einen Aufriss hatte diese Jenny angesprochen? Er war beunruhigt.

Nachdem Waldinger kurz die Anrufprotokolle überflogen und mit Annette gesprochen hatte, ging er in das kleine Büro, das Koch und Meuse sich noch immer teilten. Er schloss die Tür hinter sich.

»Was gibt's Neues?«, fragte er Meuse.

Meuse lehnte sich in seinem Stuhl zurück und verschränkte die Finger am Hinterkopf.

»Schülerkram«, meinte er herablassend.

Dann setzte er sich gerade und erklärte: »Sie lernt relativ leicht, und das gibt dann natürlich einige Neider. Der Großteil der Schulkollegen hatte nichts an ihr auszusetzen. Einer war angepisst, weil sie ihn nie abschreiben ließ, ein anderer, weil sie ihn zu wenig beachtete. So in der Richtung. Ihrer Banknachbarin hat sie wohl mal einen Kerl ausgespannt, die war auch nicht so gut auf sie zu sprechen, aber ansonsten reine Weste, würde ich meinen.«

»Gar nichts Interessantes?«, hakte Koch nach.

»Und die Lehrer?«, wollte Waldinger wissen.

»Zeitverschwendung. Ich nehme an, dass der Unfall nichts mit Judiths Person zu tun hatte. Einfach Pech, dass es gerade sie erwischte, würde ich sagen.«

Meuse hakte das Thema schneller ab, als es Waldinger lieb war, und fragte stattdessen nach dem Unfallwagen. Doch wirklich viel hatten auch Koch und Waldinger nicht zu berichten. Wenn die Ermittlungen im heutigen Stil weiterliefen, wäre der Täter an Weihnachten noch nicht gefasst, befürchtete Waldinger. Zum Glück weilte der Staatsanwalt noch im Urlaub.

Als Waldinger nach Hause fuhr, war es dunkel. In jedem Dorf brannte unzählige Lichter an Tannen, Straßenlaternen, Hausdächern und Hühnerställen.

Als Kind hatte er die Adventzeit geliebt. Er mochte sie immer noch, nur im Hinblick auf den Nikolaus bekam er leichtes Bauchgrimmen. Auch wenn er an Judith und ihre Familie dachte. Noch immer wusste niemand, ob und wie sie überleben würde. Als er durch das hell erleuchtete Dorf Alberschwende fuhr, kam ihm der Gedanke, dass er zwar schon seit Jahren mit Koch zusammenarbeitete, aber keine Ahnung hatte, in welchem Haus sie wohnte. Koch versuchte, so wenig wie möglich über ihr Privatleben preiszugeben, aber Waldinger vermutete, dass sie sich schon seit längerer Zeit ein Kind wünschte. Er würde es ihr gönnen, dass es bald klappte, obwohl er gerne mit ihr zusammenarbeitete. Er selbst war vor zweieinhalb Jahren zum ersten Mal Opa geworden und hoffte, demnächst würde ein Geschwisterchen für Lorenz heranwachsen. Aber er wollte Martin nicht dreinreden, das würde er nie tun. Seine Frau nahm es in solch privaten Angelegenheiten weniger genau.

Sowieso, solange es mit dem Bauplatz nicht klappte, wäre es schwierig mit einem weiteren Kind. Doch er wollte sich seine Feierabendgedanken nicht mit dieser langwierigen Geschichte vermiesen und suchte im Radio nach einem Sender mit fröhlicher Musik.

»Na endlich, der Gemüsestrudel ist schon ganz braun gebrannt, zu Mittag hast du bestimmt nur einen Leberkäse gegessen.«

So schön es war, derart umsorgt zu werden, er musste dringend mit Helga reden, sonst würde er zum Geburtstag wirklich eine Kuh im Garten stehen haben.

»Du hast extra noch gekocht? Danke dir«, sagte Waldinger und setzte sich an den Küchentisch.

»Ein schöner Adventkranz, so große dunkle Nadeln, der gefällt mir.«

»Wir haben alle verkauft. Wusstest du, dass Josefs Frau auf Gran Canaria ist, er macht den Haushalt ganz allein und hat auch einen Kranz gekauft. Schön, oder? Und habe ich dir schon erzählt, dass Adele ein nigelnagelneues Auto bekommt? Ihr altes nimmt die Schwiegertochter, weil sie jetzt, da der Kleinste in den Kindergarten geht, jeden Tag nach Bezau zum Arbeiten fahren muss.«

»Aha.«

»Was heißt, aha? Sie hat sich einen Toyota Yaris ausgesucht, jeden Moment wartet sie auf den Anruf von der Werkstatt, dass sie ihn abholen kann. Sie will mich einmal mitnehmen.«

»Wohin?«

»Na, zu einer Spritzfahrt mit dem neuen Auto, aber ich habe gesagt, vor deinem Fest habe ich auf keinen Fall Zeit für so was.«

»Der Strudel schmeckt mir.«

»Und der ist gesund. Der tut dir gut, wenn du es so streng hast. Glaubst du, du hast den Täter bis zum Nikolausabend? Vorher solltest du mit Matthis noch einmal proben.«

»Matthis?«

»Der macht dieses Jahr den Krampus. Es haben sich schon über fünfzig Familien angemeldet. Wahrscheinlich brauchst du zwei Nachmittage frei.«

»Das kann ich noch nicht versprechen. Sag der Hermine, sie soll sich sonst jemanden suchen.«

»Sie hat Walter schon gefragt, aber du wärst ihr lieber. Sie versteht natürlich, dass deine Arbeit vorgeht. Aber wenn du den Typ gefunden hast, dann wirst du es machen, hab ich zu ihr gesagt.«

Waldinger spülte den letzten Bissen mit einem großen Schluck gespritzten Most nach.

»Wir werden sehen. Sind ja noch ein paar Tage.«

Nachdem Helga die Küche aufgeräumt und es sich in ihrem Lieblingssessel gemütlich gemacht hatte, nahm Waldinger eine heiße Dusche. Er musste noch heute mit Kathrin reden. Ungestört. Er zog sich eine frische Unterhose und gestrickte Socken über und setzte sich auf den Wannenrand. Dann suchte er sein Handy aus der am Boden liegenden Hose. Erst jetzt fiel ihm auf, dass er sie noch nie angerufen hatte. Er hatte nicht mal ihre Nummer in seinem Handy gespeichert.

Also zog er seine Feierabendjeans, die er erst vor Kurzem ein weiteres Mal aus dem Caritas-Sack gerettet hatte, an, und dazu ein altes kariertes Hemd. Die Nummer musste doch zu finden sein. Irgendwo in der Kommode im Flur war das Wälder Telefonbuch, in das seine Frau auch andere wichtige Nummern eingetragen hatte.

»Noldi«, rief sie, als er lautlos aus dem Bad tappte.

»Soll ich dir auch noch einen Tee machen?«

»Nee, strick weiter. Ist ja bald Weihnachten, sonst wirst du nicht fertig.«

Leise durchsuchte er die oberste Schublade und nahm das Heftlein mit ins Bad. Er drehte den Schlüssel um. Er hätte keinen Grund für sein Verhalten nennen können.

Er fand die Nummer auf Anhieb und speicherte sie erstmal in seinem Mobiltelefon. Dann setzte er sich wieder auf den Wannenrand.

Kathrin ging gleich ran. Siebzehnjährige haben ihr Handy eh ständig in der Hand.

»Hallo, Kathrin. Ich bin dran. Papa.«

»Papa? Ist was mit Mama?«

»Nein, was soll sein? Sie strickt gerade.«

»Und warum rufst du mich an? Du hast mich doch noch nie angerufen, und ich bin schon über zwei Jahre in Feldkirch.«

»Hast du es streng in der Schule?«

Er kratzte sich am Kinn. Er könnte sich gleich noch rasieren.

»Papa!«

»Ja?«

»Du rufst doch nicht an, weil du wissen willst, was in der Schule abgeht!«

»Ja, also, eigentlich es geht darum, also, warst du auf dem Kathrinatag?«

Er suchte nach einem Wattestäbchen.

»Wieso willst du das jetzt wissen?«

»Wie bist du heimgekommen?«

»Soll das ein Verhör sein? Mit Rudi. Sabines Bruder. Ich war mit Sabine zusammen dort, und er hat mich heimgefahren. Bis vor die Haustür, falls es das ist, was dich interessiert.«

»Wer ist noch mitgefahren?«

»Irgend so eine Nervensäge aus Mellau. Warum, Papa? Was willst du wissen? Ich hab nicht ewig Zeit, ich muss noch lernen.«

»Ist Rudi, bist du mit ihm …?«

»Sabine ist meine Freundin und er ihr Bruder. Punkt. Ende.«

»Jenny meint, du und er …«

»Was hast du denn mit dieser Jenny zu tun? Rudi hat mich sozusagen beschützt. Auf diesen Märkten werden die betrunkenen Kerle immer so zudringlich. Da ist es am einfachsten, so zu tun, als habe man einen Freund. Das ist alles.«

»Noldi, wo bleibst du denn?«, hörte er Helga rufen. »Monk fängt gleich an.«

»Ich komme schon«, rief er zurück.

»Wer war zudringlich?«

»Zum Beispiel der liebe Michl. Du kennst doch diese schüchternen Jungs. Nach ein paar Glühweinen werden sie mutig.«

»Michl? Vom Luis? Und warum sagst du mir das nicht? Dem werde ich was erzählen.«

Kathrin lachte. »Musst du nicht. Der weiß eh von nichts mehr, so wie der sich vollgekübelt hat.«

Waldinger nahm ein Wattestäbchen und putzte sich die Ohren.

»Das nächste Wochenende sagst du mir aber, wo du dich rumtreibst und mit wem. Und vor allem, wie du nach Hause kommst.«

»Klar, Papa.«

»Du kannst mich immer anrufen. Ich würde dich holen kommen.«

»Mach ich.« Sie lachte.

»Hör auf, Geheimnisse vor mir zu haben. Ich hasse Geheimnisse.«

»Jetzt hör aber auf. In unserer Familie bist schon du der, der Geheimnisse hat.«

Erschrocken schaute Waldinger auf sein Handy.

»Aber keine Angst, ich verrat Mama nichts.«

»Kathrin?«

»Ich hab es mitgekriegt, damals beim Vereineturnier, also erzähl mir mal lieber nichts von Geheimnissen. Ich hab morgen Schularbeit. Schlaf gut.«

Sie hatte aufgelegt.

Waldinger hätte am nächsten Morgen nicht sagen können, was Monk in dieser Folge geordnet hatte.

Mittwoch

Bizau, Schnepfau – Die Polizei tappt noch immer im Dunklen, und die junge Frau hat das Bewusstsein noch nicht wiedererlangt.

Die Polizei bittet die Bevölkerung um Mithilfe. Möglicherweise ist das Unfallfahrzeug in seine Einzelteile zerlegt und entsorgt worden. Wer vermisst in seiner Nachbarschaft einen silbernen Subaru Justy älteren Baujahrs? Wer kennt jemanden, der handwerklich geschickt genug ist, ein Auto zu zerteilen und zu entsorgen? In welcher Garage hörten Sie stundenlang sonderbare Geräusche?

Die Polizei setzt alle Hoffnung nun in aufmerksame Nachbarn und bittet wiederholt um Ihre Mithilfe.

Die Meldung schaffte es auf die Titelseite, wenn auch nur klein. Waldinger suchte die Flasche mit den Spitzwegerich-Hustentropfen, sein Hals kratzte verdächtig. Obwohl, dachte er sich, vielleicht wäre Heiserkeit gar nicht so übel, bei seiner so schönen, tiefen, wohltönenden Stimme. In fünf Tagen war Nikolausabend. Er versorgte die Flasche wieder und machte sich auf den Weg ins Büro. Helga war schon unterwegs. Martins Freundin Annika hatte einen Termin beim Frisör, und Helga passte so lange auf Lorenz auf. Und am Nachmittag würde sie nach Dornbirn fahren. Ihr alter Vater erwartete sie jeden Mittwoch in seiner Seniorenresidenz. Nie würde sie diesen Termin ausfallen lassen.

Er trat vor die Tür und machte kehrt, suchte sich auf der Garderobenablage eine Mütze, zog sie tief ins Gesicht und kratzte die Scheiben sauber. Helga war so klug gewesen, gestern ihren silbernen Golf in die Garage zu fahren. Am Abend hatte er sich noch gewundert, jetzt war ihm klar, warum.

Aus dem Handschuhfach stibitzte er einen eiskalten Lebkuchen und fuhr los. Er wählte den Weg durch das Kirchdorf und fragte sich plötzlich, ob Meuse und Schneider mittlerweile schon in den alten Schuppen nahe der ehemaligen Bäckerei geschaut hatten. Ein mulmiges Gefühl überkam ihn. Hätten sie gleich drauf bestehen sollen? Oder was hatten sie sonst übersehen? Mit hunderten Leuten hatten sie gesprochen, doch der entscheidende Hinweis fehlte nach wie vor.

»Danke, Annette«, sagte Waldinger und nahm den Stapel Papiere mit in sein Büro. Seine Sekretärin hatte alle Protokolle der laufenden Ermittlung fein säuberlich abgetippt. Nun machte er sich mit einem grünen Textmarker daran, alles möglicherweise Wichtige zu markieren. Den roten legte er für wirklich wichtige Aussagen beiseite, leider benutzte er ihn beinahe nie. Protokolle ohne Leuchtstiftspuren heftete er hinten im Ordner ab und ordnete sie so, wie er sie für wichtig hielt. Nachdem er alles nochmals durchgelesen und sortiert hatte, setzte er sich in seinem Stuhl zurück, legte die Beine auf den Schreibtisch und versuchte nachzudenken. Den Befragungen nach ergab sich für die Nacht von Freitag auf Samstag folgendes Bild:

Um etwa zehn nach drei Uhr früh verließ Judith zusammen mit Marina und Jürgen das Fest. Gemeinsam fuhren sie nach Schnepfau. Marina stieg aus. Am letzten Wendeplatz vor der Steigung ließ Jürgen Judith aussteigen. Das war um etwa halb vier. Jürgen fuhr in Richtung Mellau, Judith machte sich zu Fuß auf den Nachhauseweg.

Um 3.20 Uhr fuhr Heidi über die Schnepfegg, da war niemand unterwegs. Laut Aussage von Julia war kurz nach Heidi noch ein zweites Auto, von der Schnepfegg kommend, durch Bizau gefahren. Um 4.00 Uhr sah Murmel ein Auto in Richtung Sonnenstraße fahren. War es dasselbe, welches Julia gehört hatte?

Um 4.32 Uhr ging der Anruf des Zeitungsausfahrers ein. Ihm war kein Fahrzeug entgegengekommen. Aber konnte der Unfalllenker so kurz nach Heidi nach Bizau gefahren sein, wo Judith doch mindestens zehn Minuten gelaufen war, vom Wendeplatz bis zur Unfallstelle? Eher unwahrscheinlich. Vermutlich war in dieser Nacht noch ein Auto über die Schnepfegg gefahren, und es war durchaus möglich, dass es jenes war, welches Murmel gesehen hatte. Wenn der bereits längere Zeit beim Feuerwehrhaus stand, dann hätte er auch das Auto, das nach Heidi kam, sehen müssen.

Und dieser Kotflügel in Schönenbach, wo konnte er den einordnen? Passte der wirklich mit dem Werkzeugdiebstahl in Au zusammen?

Waldinger hatte die Füße vom Tisch genommen und sich ein leeres weißes Papier geschnappt. Er zeichnete Linien, markierte Punkte und Uhrzeiten. Auf kleine Post-its malte er ein H für Heidi, ein J für Judith, ein JÜ für Jürgen, ein X für das Auto, das Julia nur gehört hatte, ein VN für den Zeitungsfahrer und ein ? für den silbrigen Justy.

Alle Anwohner in Schnepfau hatten bestätigt, dass in dieser Nacht mehrere Autos in Richtung Schnepfegg gefahren waren. Während er noch konzentriert seine Post-its herumschob, kam Meuse zur Tür herein.

»Bist du klüger geworden?«, fragte er mit einem Blick auf Waldingers Schreibtisch.

»Ich glaube, ich muss noch mal mit Murmel sprechen. Der müsste noch ein Auto gesehen haben, nach meinen Berechnungen.« Und er versuchte, Meuse seine Logik klarzustellen.

»Heute möchte ich, dass du alleine nach Au fährst. Beim Toyota-Hänsler arbeitet im Büro dessen Tochter Katharina. Versuch, nur mit ihr alleine zu sprechen, und schau, was du rauskriegst über den Werkzeugdiebstahl, ihr kaputtes Auto und ob ihr Bruder einen Schlüssel hat. Lass deinen Charme spielen, ich habe das Gefühl, du erfährst dann mehr als Koch und ich bei ihren Eltern.«

Meuse grinste. »Alles klar, Chef!«

»Und auf dem Rückweg fährst du in Lingenau vorbei. Die Werkstatt hat einen interessanten Schaden gemeldet. Fahr vorbei und mach dich schlau.«

Koch hatte heute Vormittag einen Arzttermin, und Waldinger wollte sich nach dem Mittagessen in Bizau mit ihr treffen. So rief er seine Frau auf Martins Festnetznummer an: »Ich komme zum Mittagessen nach Hause, passt das?«

»Viel Zeit zum Kochen bleibt mir nicht, aber wenn du mit Käsfladen zufrieden bist?«

»Bestens, dann bis später«, zufrieden legte er auf und widmete sich weiter der Schreibtischarbeit. Froh um jedes Blatt, das von dem Stapel in seinem Eingangsfach in einem Ordner verschwand.

Waldinger schnupperte. Der Käseduft wehte schon durchs Schlüsselloch an der Haustür. Als er die Tür öffnete, gesellte der Zwiebelgeruch sich zum Ersteren. Der Magen meldete sich hörbar.

»Setz dich schon, die Käsfladen sind gleich heiß. Ich mach nur noch schnell einen grünen Salat«, rief Helga aus der Küche.

»Wie geht es Lorenz, hat er nach seinem Opa gefragt?«

Helga servierte ihm den Fladen und schaute ihn bekümmert an: »Ich weiß nicht, Noldi, ich glaube, er bekommt nicht genug zu essen. Beim Wickeln sind mir die dünnen Beine aufgefallen, fast nur Haut und Knochen, wirklich.«

Waldinger kaute und fragte mit vollem Mund: »Aber gesund ist er doch, unser Bub?«

»Schon, aber die hat ja nicht ein einziges Wursträdle im Kühlschrank, kein Käse, keine Eier, keine Milch. Nur von Grünzeug kann ein Mensch doch nicht leben. Ich bin mit ihm in den Laden gegangen und habe ihm eine gute Wurstsemmel gekauft.«

»Hoffentlich erzählt der Lorenz der Annika nichts von der Wurstsemmel.«

»Ach, mit seinen zweieinhalb Jahren wird er schon noch still sein.«

»Hast du noch einen Käsfladen für mich?«

»Nimm doch noch Salat, ich hol dir einen heißen Fladen aus der Küche.«

Waldinger nahm einen großen Schluck Süßmost, selbst gepresst.

»Und weißt du, was sie der Annika beim Frisör erzählt haben?«, rief Helga aus der Küche.

»Geschwätz«, murmelte er vor sich hin.

»Hier, der ist noch heiß. Jemand, sie kennt die Leute ja immer noch nicht mit ihrem Namen, obwohl sie schon fast drei Jahre in Bizau wohnt, also jemand habe erzählt, der Cousin von der Marina, mit dem Judith mitgefahren ist, sei ganz schön betrunken gewesen.«

»Wer hat das erzählt?«

»Na, jemand beim Frisör.«

»Wer?«

»Siehst du, das interessiert dich, das dachte ich mir schon.«

Waldingers Handy spielte den Zillertaler Hochzeitsmarsch. Kathrin hatte ihm das mal einprogrammiert, und er hatte keine Ahnung, wie er wieder an seinen harmlosen Klingelton gelangen konnte. Meistens hatte er den Ton abgestellt. Er langte danach, blickte auf die ihm unbekannte Nummer und meldete sich.

»Grüß dich, Reinhold, hier Wolfgang.«

»Servus.«

»Reinhold, ich hoffe, ich stör dich nicht beim Mittagessen, aber du bist doch zuständig für diese Fahrerfluchtgeschichte. Wann findet ihr den Widerling?«

»Ja, diese Sache hat bei uns oberste Priorität.«

»Macht ihr Fortschritte? Ich muss an die Wintersaison denken: Schlechte Publicity nennt man das. Tagtäglich steht unsere Region wegen diesem Fall in der Zeitung. Das wirft ein schlechtes Bild auf uns. Du verstehst das?«

»Äh, nein, tut mir leid.«

»Die Gäste, die Touristen werden ausbleiben, wenn diese unleidige Geschichte nicht bald ein Ende findet. Die Leute suchen bei uns Ruhe und Beschaulichkeit, weißen Schnee und Hüttenromantik. Diese Geschichte wirft ein schlechtes Licht auf den Bregenzerwald.«

»Ein schlechtes Licht? Dann sorgt ihr Touristiker mal dafür, dass wir nicht wegen Naturverstümmelungen in der Zeitung stehen, weil wieder neue Lifte die Gegend verschandeln und überall hässliche Kunstprojekte geduldet werden.«

»Reg dich nicht auf, sorg halt dafür, dass nichts mehr davon auf der Titelseite landet. Du, nix für ungut.«

Waldinger schüttelte ungläubig den Kopf und tippte sich mit dem Zeigefinger an die Stirn.

»Pfüate.«

Auf Helgas fragenden Blick meinte er nur kurzangebunden: »Der Wolfgang hat vielleicht Sorgen!«

Waldinger beeilte sich, er wollte noch kurz bei Murmel vorbeischauen, bevor er sich mit Koch traf. Sicher war dieser über Mittag zu Hause.

Er hatte Glück und traf ihn an, als Murmel sein Elternhaus gerade verlassen wollte.

»Ich lauf ein paar Schritte mit, wenn's dir recht ist.«

Murmel zog seine Baseballmütze fast bis zur Nasenspitze und ging in Richtung Unterdorf.

»Ich habe auch nur eine Frage: Hast du vor dem verdächtigen Fahrzeug noch ein anderes Auto gesehen, das von der Schnepfegg hergekommen sein könnte?«

Murmel nickte.

»Erzähl!«, forderte Waldinger.

»Mark. Das Auto kenn ich. Er hat Lisi abgeholt, denk ich. Der war's nicht. Mark ist ok.«

»Und wieso hast du mir das letztes Mal nicht erzählt?«

»Hast du mich gefragt?«

»Und das Auto Richtung Sonnenstraße, könnte das ein Subaru

Justy gewesen sein?«

»Möglich, frag doch endlich Feurstein.«

Waldinger blieb stehen. Es war gleich eins. Koch würde bei der Kirche auf ihn warten.

Murmel lief weiter.

»Danke«, rief Waldinger ihm hinterher.

Koch kam pünktlich. Er stieg zu ihr in den Wagen und bat sie, in Richtung Sonnenstraße zu fahren. Er musste noch einmal mit Feurstein reden. Hoffentlich war auch Agnes zu Hause. Die Frauen könnten sich gemeinsam unterhalten, er brauchte Feurstein unter vier Augen.

»Hallo, Agnes.«

»Grüß dich, Noldi. Grüß Gott!«, nickte sie in Richtung Koch.

»Kommt rein, ich habe gerade einen frischen Apfelstrudel gemacht.«

»Nein danke, Kollegin Koch und ich sind dienstlich hier.«

»Helga hat mich zu deinem Fest eingeladen. Das wird sicher unterhaltsam. Mein Göttergatte will auch mitkommen.«

»Wegen ihm sind wir da. Wann ist er letzten Freitag nachts nach Hause gekommen?«

»Aber ich habe doch schon mit deinen Kollegen gesprochen. Ich habe ihnen alles erzählt, was ich weiß. Ich mach euch eine Tasse Kaffee, mein Mann müsste jeden Moment nach Hause kommen. Setzt euch.«

Sie nahmen an dem großen Eichentisch Platz. In der offenen Küche schnurrte die neue Jura.

»Ich kann dir auch einen Tee machen, Noldi«, zwinkerte Agnes über den frei stehenden Küchenblock.

Da hörten sie ein Auto in der Auffahrt. Waldinger stand auf und warf einen Blick durch das sauber gewienerte Fenster. Ein Mercedes. Feurstein stieg aus und runzelte die Stirn, als er Kochs Auto sah.

»Wir haben Besuch«, flötete er beim Betreten der Wohnung,

»und es riecht nach Kaffee!« Er küsste seine Frau und setzte sich auf die schwarze Ledercouch unweit des Tisches.

»Dienstlich?«, fragte er mit einem Blick auf Koch.

»Dienstlich«, setzte Waldinger hinzu.

»Dann lassen wir die Damen doch in Ruhe Kaffee trinken, und ich zeig dir in der Garage noch Agnes neuen Wagen.«

Waldinger nickte.

Feurstein setzte sich in ans Steuer des neuen Toyota Yaris. »Ein richtiges Damenauto«, meinte er spöttisch.

Waldinger lehnte sich an die Garagenmauer.

»Hast du den silbernen Subaru gesehen? Wo fuhr er hin?«

»Richtung Sonnenstraße, unter uns gesagt, aber offiziell bleib ich bei meiner Aussage.«

»Wo warst du?«

»Das weißt du so gut wie ich, also lass das. Ich kann Murmels Aussage hier vor dir bestätigen, mehr weiß ich nicht, und wehe, es erfährt jemand davon!«

»Fährt Monika nicht auch seit Kurzem ein neues Auto? Du musst einen ordentlichen Zahltag haben«, kommentierte Waldinger den Wagen und machte sich auf die Suche nach Koch. Diese saß bereits vor dem zweiten Stück lauwarmen Apfelstrudel mit Sahne und verstand Waldingers Ungeduld nicht.

»Du weißt, wir müssen weiter. Danke, Agnes, wir sehen uns.«

Draußen raunte er: »Der Heini hat die Aussage von Murmel bestätigt, inoffiziell, bleibt also am besten unter uns, sonst schickt er uns noch seinen Spezi von der Staatsanwaltschaft auf den Hals.«

Koch verzog keine Miene und sagte: »Apropos, morgen kommt Seidl wieder aus dem Urlaub zurück.«

»Ich weiß«, Waldinger seufzte.

»Wir fahren nach Mellau. Diesem Jürgen fühlen wir noch einmal genauer auf den Zahn. Erstens glaube ich nicht, dass Judith wirklich nachts alleine auf die Schnepfegg laufen wollte, und zweitens habe ich gehört, dass der junge Mann nicht nüchtern gewesen ist.«

»Schon wieder?« Frau Kaufmann wurde blass.

»Dürfen wir kurz reinkommen?«, fragte Waldinger höflich.

»Aber, mein Mann ist nicht da und Jürgen auch nicht.«

»Ich würde gerne mit Ihnen sprechen«, entgegnete Waldinger bestimmt.

»Ich weiß nicht, ob mein Mann …«

»Keine Sorge!«

Waldinger und Koch traten in den kleinen dunklen Flur und gingen geradewegs in die Küche.

Frau Kaufmann folgte ihnen mit kleinen Schritten.

»Setzen wir uns«, sagte Waldinger, »und dann erzählen Sie uns, welche Sorgen Sie sich um Ihren Sohn machen.«

Nach einigen halbherzigen Ausflüchten rückte sie heraus mit dem schweren Stein, der ihr auf dem Herzen lag.

»Ich hab schon geglaubt, wir bekommen kein Kind mehr. Wir haben lange gewartet, viel gebetet. Ich war beim Doktor, habe geglaubt, die Wechseljahre. Da hat es doch noch geklappt. Jürgen war meine größte Freude. Alles hab ich für ihn getan. Ein liebes Kind.«

»Aber?«

»Er war wie alle Kinder, erst als er in die Lehre kam, da fing es an. Er hat die Lehre zum Fahrzeugmechaniker in Bersbuch begonnen, dann aber abgebrochen. Ich weiß bis heute nicht, was wirklich der Grund dafür war. Mir hat er erzählt, er hätte keine Lust mehr, aber ich weiß, dass mehr dahintersteckte.«

»Was vermutest du?«

»Ich weiß es nicht, aber danach fing die ganze Geschichte ja erst an.« Die Tränen suchten sich einen Weg durch ihr faltiges Gesicht.

»Ich glaube, Jürgen hat Drogen genommen«, brach es aus ihr heraus. Ihre Schultern bebten.

»Warum glaubst du das?«

»Er war einfach nicht mehr unser Junge. Ganz anders plötzlich und manchmal grob und verletzend.«

»Gegen dich?«

»Nein. Aber ich schäm mich so. Vor den Leuten im Dorf und vor der Verwandtschaft. Ich habe fünf Schwestern. Alle haben Kinder. Und alle sind so ordentlich und fleißig, nur mein Jürgen nicht. Was habe ich nur falsch gemacht?«

»Man kann nicht immer den Eltern die Schuld geben. Er ist erwachsen. Er ist selber für sich verantwortlich«, wandte Koch ein.

»Und in seinem Zimmer habe ich Schnapsflaschen gefunden. Das ist doch nicht normal. Oft war er am Wochenende schon betrunken, bevor er überhaupt aus dem Haus ging.«

»Wo hat er dann gearbeitet?«

»Nirgends. Uns auf der Tasche gelegen. Mein Mann hatte ständig mit ihm Streit deswegen. Dann nahm man ihm den Führerschein, und er war viel zu Hause. Das machte alles noch schlimmer. Mein Mann ist ja schon in Rente und auch meistens zu Hause.«

Sie zog ein mit blauem Garn umhäkeltes Taschentuch hervor und schnäuzte sich ausgiebig.

»Und wo ist Jürgen jetzt?«

»Er arbeitet wieder. Vor einem halben Jahr gab es im Auer Wald einen tödlichen Autounfall mit zwei Burschen in seinem Alter. Das hat ihn zur Besinnung gebracht. Da hat er eine Zeit lang nichts mehr angerührt und sich sogar selber einen Arbeitsplatz gesucht.«

»Trinkt er immer noch nichts?«

»Weniger, nur noch am Wochenende, meistens.«

»Wo hat er einen Job gefunden?«

»Bei der Zimmerei Natter, hier in Mellau. Als ungelernter Hilfsarbeiter, aber immerhin.«

»Und da finden wir ihn heute?«

»Ich hoffe.«

Sie fuhren auf der alten Mellauer Straße talauswärts. Es war nicht weit. Schon nach einem knappen Kilometer stellten sie den Wagen vor der Werkstatt ab und machten sich auf die Suche nach

Jürgen und wurden bald fündig.

»Warum hast du deine Lehre geschmissen?«

Sie standen zwischen großen Bretterstapeln hinter der Firma.

»Keinen Bock mehr gehabt.« Jürgen zündete sich eine Zigarette an.

»Bist du freiwillig gegangen?«

»Wer erzählt was anderes?«

»Warst du am Freitag betrunken?«

»Am Freitag?«

»Du bist nach dem Kathrinatag betrunken Auto gefahren. Wenn du jetzt die Wahrheit erzählst, ist das deine einzige Chance, aus der Sache glimpflich herauszukommen. Ansonsten garantiere ich für nichts mehr.« Waldinger hätte ihn am liebsten am Kragen gepackt.

»Ein, zwei Glühmost, vielleicht«, murmelte Jürgen und malte mit der Schuhspitze Halbkreise in den Kies.

»Und weiter, wieso ist Judith ausgestiegen?«

»Weil sie lieber laufen wollte?«, grinste er frech.

»Mitkommen!«

»Nein, ich gebe es ja zu. Ich bin auf den Wendeplatz gefahren und hab sie gefragt, ob ich einen Kuss bekomme, wenn ich sie auf die Schnepfegg hochfahre. War doch nur Spaß, aber sie ist gleich aggressiv geworden, hat mich einen Drecksack geschimpft und ist ausgestiegen.«

Er nahm einen tiefen Zug.

»Und du bist ihr hinterhergefahren.«

»Nein. Nein! Natürlich nicht. Ich hab umgedreht und bin nach Hause gefahren.«

»Und das sollen wir dir glauben, nachdem du uns so belogen hast?«

»Ich muss weitermachen«, murmelte er, drehte sich um und stapfte davon.

»Der muss uns seine Unschuld erst noch beweisen, ekelhafter Typ.« Koch spuckte auf den Boden.

Waldinger nickte. »Nur leider steht sein Auto beulenfrei vor der Firma.«

Kurz vor der Ortsausfahrt Mellau blinkte Waldinger rechts. Die schmale Straße führte über die Bregenzerache und dann in Richtung Reuthe. Vorgesehen war sie für die Einwohner der Ortsteile Hinterreuthe und Herburg, alle anderen sollten durch die Galerie nach Bezau und von dort nach Reuthe fahren. Ein Schlepper mit geladenem Mist kam ihnen entgegen. Da die Viehzäune am Straßenrand für dieses Jahr abgebaut waren, konnte Waldinger in die Wiese ausweichen. Koch schaltete die Lüftung des Wagens aus.

»Darf man um diese Jahreszeit noch Mist ausbringen?«

»Keine Ahnung. Dort oben wohnt Mark mit seiner Frau oder Freundin. Lisi. Die stinkt mir viel mehr. Kein Wort hat sie gesagt, dass ihr Freund über die Schnepfegg fuhr, als er sie am Freitag nach dem Fest im Clubheim abholte.«

Er parkte auf dem kleinen Parkplatz und klingelte.

Mit einer Schürze um die Hüften und einem Kleinkind darauf öffnete ihm die junge Frau.

»Ich war schon mal hier.«

Koch hielt sich im Hintergrund. Der Mistgeruch lag noch immer in der Luft.

»Ja, ich bin gerade am Kochen, dauert es länger?«

»Nein, dauert nicht lange, eigentlich habe ich nur eine Frage. Woher kam dein Freund, als er dich am Dorfplatz in Bizau abgeholt hatte?«

»Wo Mark herkam? Was tut denn das zur Sache?«

»War er über die Schnepfegg gefahren?«

»Ich weiß nicht.« Sie zuckte mit den Schultern und blickte nervös in Richtung Küche.

»Keine Ahnung. Ich muss, sonst verbrennt mir der Fisch.«

»Wo kann ich Mark erreichen? Wo arbeitet er?«

»Er ist Zimmermann, beim Geiger.«

»Alles klar. Und Mahlzeit.«

Doch sie hatte die Tür schon geschlossen.

»Die war aber zeitig dran mit Kochen«, dachte Waldinger sich. Seine Armbanduhr zeigte kurz nach vier.

Vor der Zimmerei standen etwa zwanzig Wagen. Er quetschte seinen eigenen dazwischen und fragte den ersten Arbeiter, der ihnen über den Weg lief. »Wo ist Mark?«

»Oben«, der Mann deutete mit dem Daumen über seine Schulter, »oben im Büro, die Treppe ist dort hinten links.«

Im Büro saß nur ein Mann an einem Laptop.

»Mark, können wir kurz mit dir reden?«, fragte Waldinger, als der junge Mann aufblickte. Wie ein Familienvater sah er nicht aus, aber durchaus sympathisch.

»Wir haben schon mit deiner Frau gesprochen, wegen dieser Fahrerfluchtsache auf der Schnepfegg. Um welche Uhrzeit bist du drübergefahren?«, fragte er selbstsicher.

»Ich, äh, wann?« Die Wangen wurden rot, und er geriet ins Stottern.

»Warum erfahren wir das erst heute? Hast du etwas zu verschweigen?«

»Nee, ah, nein, sicher nicht.«

»Aber?«

»Ich, äh, ich wollte da nur nicht reingezogen werden. Das ist alles. Echt. Ich hab da nix damit zu tun.«

»Also wann?«

»Ich weiß die genaue Zeit nicht, aber ich hab echt nix gesehen. Da war niemand unterwegs. Ehrlich. Und mein Auto ist ja noch ganz. Ich kann's zeigen.«

»Liest du Zeitung?«, fragte Koch.

»Am Morgen, ja.«

»Wir suchen Zeugen, verdammt noch mal, und du meldest dich einfach nicht?«, fuhr Waldinger ihm dazwischen.

»Ich wollt ja, aber Lisi war dagegen.«

»Anderen die Schuld geben, bravo. Um halb sechs hast du Feier-

abend, und dann bist du auf dem Posten in Bezau, verstanden?«
»Aber, ich hab doch nix.«
»Halb sechs. Melde dich bei Schneider!«

Während der Fahrt nach Bersbuch telefonierte Waldinger mit Schneider. Zufrieden legte er auf.
»Schneider wird ihn so richtig in die Mangel nehmen. Ich wär gerne dabei, aber wir müssen schauen, dass wir ins Büro kommen. Vielleicht ist bei Meuse was Interessantes ans Tageslicht gekommen. Zum Glück liegt Bersbuch auf der Strecke.«
Der Chef war im Stress. Momentan musste jeder beim Reifenwechseln anpacken.
»Ehrlich gesagt, bin ich froh, dass ich ihn los bin. Nur leider ist nichts Besseres nachgekommen. Die jungen Leute heute glauben, sie könnten sich alles erlauben«, schimpfte er auf die Frage nach seinem ehemaligen Lehrling.
»Jürgen habe ich oft genug gewarnt, aber ein Lehrling, der ständig blau ist, hat in meinem Betrieb nichts zu suchen.«
»War er ehrlich?«
»Er hat mir nichts gestohlen, wenn du das meinst, aber du darfst nicht alles ernst nehmen, was er sagt. Er biegt sich seine Geschichten zurecht.«
»Du hältst nicht viel von ihm?«
»Er soll sich gebessert haben, habe ich gehört.«

Als sie im Büro ankamen, legte Annette das Telefon zurück. »Ich wollte dich gerade anrufen. Die Spurensicherung ist auf dem Weg nach Schwarzenberg. Eine Frau Schneider Maria hat sich gemeldet. Sie ging in den Wald, um für die Weihnachtskrippe frisches Moos zu sammeln, dabei ist sie auf ein Autoteil gestoßen, Farbe silbern.«
»Dann können wir davon ausgehen, dass das Auto wirklich zerlegt und entsorgt worden ist.« Waldinger schüttelte den Kopf. »Kaum zu glauben, dass das niemandem aufgefallen sein will.«

In dem Moment steckte Meuse den Kopf ins Büro.

»Ihr seid schon da. Prima. Setzt euch!«

»Das klingt ja vielversprechend, was hast du rausgekriegt?«, fragte Waldinger.

»Ich war mit Katharina Kaffee trinken.«

»Wo?«

»In irgendeinem Gasthaus, ›Wälderstube‹ oder so, aber das tut doch nichts zur Sache. Auf jeden Fall weiß ich jetzt, was in ihrer Familie so alles läuft.«

»Dann spann uns nicht auf die Folter. Wir brauchen Ergebnisse. Morgen tanzt Seidl wieder an.« Waldinger war ungeduldig.

»Hoppla, der Staatsanwalt kehrt zurück, dann hört gut zu: Erstens ist sie sich ziemlich sicher, dass ihr Bruder noch einen Schlüssel für die Werkstatt hat, und zweitens weiß sie von einer Freundin, dass ihr Bruder auf dem Kathrinamarkt war. Diese hat nämlich dort ein Bier mit ihm getrunken und ihm dabei erzählt, dass seine Familie übers Wochenende in Südtirol ist.«

»Und was schließen wir daraus?«, fragte Waldinger.

»Dass wir uns den Bruder mal genauer ansehen müssen«, führte Koch aus.

»Katharina meint, er wohne in Bizau und fahre bei Berger. Allerdings weiß sie alles nur um mehrere Ecken. Seit dem großen Streit hat sie ihn nicht mehr gesehen.«

»Ok. Da bleiben wir dran«, meldete Waldinger sich.

»Und in Lingenau?«

»Die Oma wohnt in Langenegg und hat behauptet, mit ihrem Wagen an der Kirchenmauer entlanggeschrammt zu sein. Nach der Vorabendmesse letzten Samstag wäre es schon dunkel gewesen, und sie hätte vergessen, beim Ausparken das Licht anzumachen.«

»Glaubwürdig?«

»Ich denke schon. Sie sah so aus, als könnte sie vergessen, Licht zu machen.«

»Könnte sie jemanden decken?«

»Mir wär nicht wohl, wenn ich mich von dieser Frau decken lassen würde. Sie würde spätestens bei der nächsten Beichte dem Pfarrer reinen Wein einschenken.«

»Streichen?«

Meuse nickte.

Einen schnellen duftenden Kuss unter Tür und Angel, und Helga war weg. Mittwoch bedeutete Kirchenchorprobe. Und für Waldinger hieß es allein abendessen. Die frische Sulz stand im Kühlschrank, die geschnittenen Zwiebelringe in einem Extradöschen daneben. Brotkorb, Pfeffermühle, Essig und Öl standen bereits neben seinem Gedeck auf dem Tisch. Genüsslich steckte er den ersten Bissen in den Mund, eines seiner Lieblingsessen.

Nach dem Essen und einer warmen Dusche machte Waldinger sich auf den Weg zu seinem alten Kumpel Heinz. Sie waren Kollegen gewesen, bis Heinz vor zwei Jahren in Pension gekommen war. Waldinger besuchte ihn ab und zu. Gerade wenn ein Fall immer verzwickter wurde, suchte er öfters Heinz' Rat bei einem Cognac.

Seit einem Oberschenkelhalsbruch vor vier Wochen war dieser jedoch an einen Sessel gebunden und bevorzugte Tee.

Es war warm in der Stube. Der Kachelofen strahlte eine behagliche Wärme aus. Heinz saß in seinem Fernsehstuhl nahe beim Ofen. Der Fernseher flimmerte tonlos, und er las in einem Buch von Sepp Holzer. Als Waldinger hereinkam, legte er das Buch auf die Ofenbank.

»Ja, grüß dich, Nolde. Lange nicht gesehen.«

»Wie geht's?«

Heinz schaltete mit der Fernbedienung den Fernseher aus und zeigte auf die Bank:

»Setz dich, kalt ist es draußen.«

»Der Winter kommt. Die Liftler warten ja schon lange auf den Schnee.«

Waldinger nahm Platz.
»Ach, der Schnee. Ich spür ihn schon. Mir tun heute alle Knochen weh. Bin halt auch die Herumsitzerei nicht gewöhnt.«
Am Ofen wurde es Waldinger schnell zu warm, und als Heinz' Frau Grete mit zwei Gläsern Cognac in die Stube trat, sagte Waldinger: »Ich setz mich ans Fenster. Hitze von innen und von außen wird mir sonst noch zu viel.«
Grete lachte. Ihre roten Wangen leuchteten.
»Schön, dass du vorbeischaust.«
Sie schenkte ihnen die Gläser unterschiedlich voll ein, ein Schlückchen für Heinz und einen großzügigen Schluck für Waldinger.
»Ich lass euch in Ruhe fachsimpeln. Ich bin in der Küche, falls ihr was braucht.«
»Ja, der Schnee. Wo hast du eigentlich deine Schotten? Im Winter standen sie doch immer auf der Wiese hinterm Haus«, fragte Waldinger.
»Ja, da können sie natürlich nicht mehr hin, seit Max da gebaut hat. Schade. Ich hab sie gerade im Winter immer gerne um mich gehabt. Sie strahlen so eine Ruhe aus.«
»Sind sie immer noch in Rüschers Gunten?«
»Ja, da werden sie den Winter über auch bleiben.«
»Aber du kannst doch zum Füttern nicht rauffahren, mit deinem kaputten Bein?«
»Ich habe einen tüchtigen Kerl gefunden. Ein junger Bizauer hat mir versprochen, zweimal die Woche hochzufahren, nach dem Brunnen zu sehen und die Futterraufe zu füllen. Ich würde ja gerne selber nachschauen, wie es meinen Rindern geht, aber erst muss ich wieder fit werden.«
»Ich fahr mal hoch und schau sie mir an, wenn du willst«, bot Waldinger an. Dann wechselte er das Thema.
»Hast du in den letzten Tagen Neues von Luis gehört?«
»Grete war erst am Sonntag auf einen Sprung bei Ruth. Was sie erzählt hat, hört sich gar nicht gut an. Er werde nicht mehr als

Bürgermeister arbeiten können, befürchtete Ruth. Froh, wenn er sonst wieder halbwegs auf die Beine komme. Anscheinend handeln sie dich, Nolde, schon als möglichen Nachfolger.«

Waldinger schüttelte den Kopf.

»Wer ist denn auf diese Idee gekommen?«

»Ich finde den Gedanken nicht abwegig. Du hast das richtige Alter, jeder kennt dich, es gibt keine öffentlichen Skandale in deiner Familie, Helga sieht gut aus, Polizist war für dich noch nie wirklich das Richtige, und du könntest nebenbei ein paar Tiere halten. Gründe gibt's zur Genüge. Ich könnte mir dich ganz gut vorstellen. Die Leute mögen dich.«

»Hör auf! Ich bin gerne Polizist und werde es auch noch einige Jahre bleiben.«

»Anscheinend würde selbst Feurstein dich unterstützen. Das würde dir einige Wähler einbringen.«

»Ich will nicht. Ich bin nicht so gerne in der Öffentlichkeit. Jedes Wort müsste ich auf die Waagschale legen und vor vollen Sälen Reden schwingen. Ich darf gar nicht daran denken, das ist definitiv kein Job für mich.«

Heinz nahm einen Schluck und schwenkte das Glas in seiner rechten Hand.

»Du darfst nicht nur an die wenigen öffentlichen Momente denken. Stell dir die Alternativen bildlich vor.«

Waldinger nahm einen Schluck. Die Wärme bereitete sich in seinem Bauch aus und nahm ihm ein wenig von seiner Unruhe. Der Gedanke war einfach noch zu neu für ihn.

»Was meinst du mit Alternativen?«

»Jugend Bizau aktiv würde Michl unterstützen.«

»Michl? Das ist nicht dein Ernst!«

»Ich befürchte schon. Du solltest dich wieder öfter an den Stammtisch in den ›Hirschen‹ setzen. Mir scheint, du hast in letzter Zeit nicht viel mitbekommen, was im Dorf so läuft.«

»Warum Michl?«

»Erstens hätten sie gerne einen Jungen ganz vorne. Zweitens ist er bei der Feuerwehr, und die verhandeln doch schon seit Jahren mit der Gemeinde wegen eines neuen Einsatzfahrzeuges. Drittens hat er Freunde bei den Fußballern. Die erwarten Geld für einen neuen Trainingsplatz. Und viertens ist er der Sohn von Luis, und alleine aus Solidarität mit seinem Vater würde er auch etliche Stimmen von der älteren Generation erhalten.«

»Aber du kannst doch Luis und Michl nicht vergleichen. Er ist ein Mamasöhnchen ohne eigene Meinung, ohne Lehrabschluss, ohne Familie. So einer stellt doch nichts dar, zumindest nicht als Bürgermeister.«

Heinz nickte. »Ich stimme dir zu, natürlich, aber das ist unsere persönliche Meinung. Ich sag dir das nur, damit du dir die Sache gut überlegst, bevor du dich endgültig aus der Wahl raushalten willst.«

»Noch ist es nur ein Gerücht, dass Luis nicht weitermachen kann. Im Moment habe ich den Kopf anderweitig voll.«

Gedankenverloren trank Waldinger sein Glas leer.

Donnerstag

»Leise rieselt der Schnee.«

Der Regionalsender im Radio hatte schnell geschaltet und die passende Platte gefunden. Leise war es wirklich, das war Waldinger schon aufgefallen, als er noch im warmen Bett gelegen hatte.

Während des Frühstücks blätterte er die Zeitung dreimal durch. Keine Zeile über den Unfall. Immerhin war der Anruf bei Annemarie nicht umsonst gewesen. Vielleicht besser so. Er hatte gestern alle Anrufprotokolle durchgelesen. Bei keinem einzigen hatte er das Gefühl, einen brauchbaren Hinweis bekommen zu haben. Abgesehen von der Frau aus Schwarzenberg natürlich. Er war gespannt, ob es sich wirklich um das gleiche Auto handeln würde.

»Was spricht dein Vater?«, fragte er seine Frau.

»Ach, nichts Neues. Er war gestern nicht gut beieinander, wahrscheinlich schafft er es nicht zu deinem Geburtstagsfest«, seufzte Helga.

»Hoffentlich schaff ich es. Ich habe das Gefühl, eine Grippe ist im Anflug. Sag besser schon mal Bescheid, dass es nicht sicher ist, ob das mit dem Nikolaus klappt. Sie sollen sich nach einem Ersatz umsehen. Heute ist ja schon der erste Dezember.«

»Ich mach dir gleich eine Kanne voll Salbeitee mit Tannenwipfelehonig. Die trinkst du heute, und dann ist deine Stimme schon morgen wieder besser und schöner als jemals zuvor.« Helga verschwand mitsummend in der Küche. Waldinger drehte das Radio lauter, brummte die bekannte Melodie leise mit und strich sich noch ein Brot.

»Fangt ihr heute später an?«, rief Helga aus der Küche.
»Ja, ich fahr erst zum Berger, da ist vor acht wahrscheinlich niemand im Büro.«
Jetzt erschien sie in der Schiebetür.
»Ja, sag, ist denn der Berger verdächtig?«
»Genauso wie du. Dich haben wir ja auch befragen müssen.«
»Dann mach ich uns noch ein weiches Ei. So ein langes Frühstück ist ja auch gemütlich.«
»Ne, lass nur, ich hol die Schneehex vom Giebel und räum den Platz sauber.«
Helga lachte. »Die paar Zentimeter verschwinden bis Mittag von selbst wieder. Aber ich kenn dich ja, beim ersten Schnee bist du immer wie ein kleines Kind.«

Er war gerade auf den Firmenparkplatz der Transportfirma eingebogen, als sein Handy musizierte. Er durfte nicht vergessen, den Ton auszuschalten, bevor sich noch jemand über den Hochzeitsmarsch lustig machte.
Unwillig drückte er die grüne Taste.
»Waldinger.«
»Wo sind Se? Es isch scho viertel achte!«, bellte eine bekannte Stimme.
»Zeugenbefragung in der Fahrerfluchtsache, Sie wissen bestimmt davon«, sagte Waldinger.
»Und wo send Koch und Meuse?«
»Ebenfalls in dieser Sache unterwegs. Sie schauen sich an, wo gestern ein weiteres mögliches Beweisstück aufgetaucht ist.«
»Was hon denn do für Sitta Einzug ghalto? Morga um achte send immer alle im Büro, aber kaum bin i a paar Tach wech, goht alls drunta und drüba.«
»Reine Zeitersparnis und Benzingeldeinsparung haben uns dazu bewogen. Wir treffen uns um 13.00 Uhr im Büro, bis dahin kann Annette Sie mit Kopien versorgen und auf den neuesten Stand bringen. Entschuldigen Sie mich.«

Waldinger drückte die rote Taste, unterbrach das Gespräch mit dem Staatsanwalt und atmete hörbar aus.

Der Parkplatz war schmutzig braun. Zu viele eilige Füße waren heute schon durch den feinen Schnee getrampelt. Im verglasten Büro sah Waldinger schon von Weitem einen Mann am Schreibtisch sitzen.

Er klopfte kurz gegen die Glastür und trat ein. Der Heizstrahler brummte. Der Mann schaute kurz auf. »Moment, ich hab's gleich«, speicherte die Datei im Computer und drehte sich zu Waldinger um.

Waldinger kannte Berger natürlich, er hatte schon oft am Stammtisch mit ihm gesprochen. In diesem Büro wirkte er allerdings ganz anders, Waldinger hatte nicht erwartet, dass Berger frisiert und im Sakko am Computer saß. Er kannte ihn in Hemd, Jeans und ohne Brille.

»Guten Morgen. Büroarbeit?«, fragte er mit einem Nicken in Richtung Computer.

Berger seufzte.

»Ein Wahnsinn, mittlerweile. Am Morgen steht der halbe Fuhrpark, bis endlich sämtliche Ausfuhrgenehmigungen eingegangen sind. Alles elektronisch heutzutage. Die Schweizer. Aber um was geht's? Ich hab ned lang Zeit.«

»Um einen deiner Mitarbeiter. Genauer gesagt, um den Hänsler.«

»Hänsler? Du meinst Hubert? Was hat er verbrochen? Hoffentlich nichts, jetzt vor Weihnachten brauche ich dringendst jeden Mann.«

»Seit wann ist er bei dir angestellt?«, fragte Waldinger.

»Wenn du das ganz genau wissen musst, dann muss ich im Computer nachschauen, ansonsten würde ich sagen, seit einem guten Jahr.«

»Was hat er davor gemacht?«

»Ich denke, das ist kein Geheimnis. Er gehört zum Toyota-Hänsler und ist somit sozusagen in einer Autowerkstatt groß geworden. Leute mit guten technischen Kenntnissen kann ich immer brauchen.«

»Und warum ist er nicht mehr in der Firma seines Vaters?«

»Generationenkonflikt«, Berger zog die Schultern hoch.

»Er ist fleißig, fährt gut und weiß, wie man mit Kunden und Lieferanten umzugehen hat. Für mich gibt es keinen Grund zu klagen, und alles andere geht mich nichts an.«

»Eine Frage habe ich noch«, sagte Waldinger. »Glaubst du, er wäre in der Lage, ein Auto in alle Einzelteile zu zerlegen?«

»Mit dem richtigen Werkzeug bestimmt, und er könnte es auch wieder zusammenbauen. Du verdächtigst ihn doch nicht, dass er etwas mit dieser Fahrerfluchtgeschichte zu tun hat?«

»Ich habe noch keinen Verdächtigen. Zufällig wurde in der Werkstatt seines Vaters Werkzeug geklaut, deshalb die Frage. Ist er in den letzten Tagen irgendwie anders als sonst?«

»Anders? Nein. Letzte Woche hatte er Urlaub. Aber am Montag war er pünktlich wieder da. Mir ist nichts aufgefallen.«

Täuschte Waldinger sich, oder war das Nein ein wenig zögerlich gekommen?

»Danke, und wenn dir noch was auffällt, du weißt ja, wo du mich findest«, verabschiedete Waldinger sich und ging langsam durch den Matsch zurück zu seinem Wagen.

Als er zurückblickte, sah er Berger aufgeregt ins Telefon sprechen.

Koch erreichte er per Handy, sie berichtete kurz von der Fundstelle. Nachdem der Schnee auch in Schwarzenberg die allerletzte Spur verdeckt hatte, versuchten sie ihr Glück nun bei den Anwohnern in der näheren Umgebung.

Waldinger fuhr auf dem Posten in Bezau vorbei. Schneider begrüßte ihn wie einen guten Freund. Er konnte es nicht leiden, wenn Menschen außerhalb des engsten Familien- und Freundeskreises ihn Noldi nannten.

»Dem Mark war nicht mehr wohl«, erzählte Schneider stolz.

»Der wird nie mehr über die Schnepfegg fahren, ohne mir Bescheid zu geben.«

Waldinger fühlte sich unbehaglich. Besser, er ließ Schneider von nun an wieder seine übliche Arbeit erledigen.

»Aber der war's nicht, kannst mir glauben. Der hätte gar nicht den Mumm für Fahrerflucht. Der hätte auf dem Heimweg das Auto vollge…, du weißt schon.«

Waldinger nickte. Er hatte nicht erwartet, dass Mark schuldig war, aber gestern war er wütend gewesen, weil sich die Leute alles Interessante aus der Nase ziehen ließen.

»Irgendwie ist so ein Fahrer ja schon feige, aber man muss das auch können, jemanden einfach liegen zu lassen«, sinnierte Schneider weiter. »Da gibt's doch in den Krimis immer diese Profiler. Könnt ihr euch nicht so jemanden besorgen? Die wissen oft ganz genau, nach was für einem Typen man suchen müsste. Im Fernsehen jedenfalls.«

»Wir sind im Bregenzerwald. Wir finden ihn auch ohne Profiler. Wahrscheinlich steht schon morgen ein psychologisches Gutachten des Täters in der Zeitung, wenn ich mich nicht irre. Die nehmen uns diese Arbeit gerne ab.«

Schneider wusste nicht, ob Waldinger einen Scherz gemacht hatte. »Endlich schneit es. Ist höchste Zeit. Kaufst du dir auch einen Drei-Täler-Pass?«

»Ich bin im Dienst und muss ins Büro. Seidl wartet schon. Pfüate.«

»Ah, ja, ich werd mich auch wieder hinter den Schreibtisch klemmen, und wenn ihr Hilfe braucht: Lasst was hören.«

Beim Dönerstand in Egg traf er zufällig auf Meuse und Koch, die auf ihre Dürüm warteten. Es war die schnellste Möglichkeit, hier in der Umgebung etwas Warmes in den Magen zu bekommen, und lag praktischerweise direkt an der Bundesstraße.

»Stärkt euch nur, Seidl erwartet uns mit geballten Fäusten.«

»Wegen?«, fragte Koch.

»Weil er uns alle drei nicht im Büro angetroffen hat.«

»Wäre ja Quatsch, erst im Pendlerverkehr hinauszugondeln, um ein paar Minuten später wieder retourzufahren«, entrüstete Meuse sich. »Er als sparsamer Schwabe kann da nichts dagegen haben.«

»Mit extra viel Fleisch und Zwiebel und ohne Salat bitte und ein Mineralwasser dazu, aber nicht zu kalt«, bestellte Waldinger seinen Döner. Hier in Egg hatte es nicht geschneit, sie standen im leichten Nieselregen und zwängten sich unter das Vordach der Imbissbude.

»Gibt's wenigstens tolle Neuigkeiten für Seidl?«, fragte Meuse.

»Ich weiß noch nicht, ich muss mir die Dinge erst durch den Kopf gehen lassen. Bei euch?«

»Bei uns hat mal wieder keiner was gesehen oder gehört, aber jeder verdächtigt seinen Nachbarn.«

»Habt ihr euch die Stelle im Wald angeschaut?«

Koch schluckte den letzten Bissen hinunter. »Ja, nicht wirklich abgelegen. Bis hundert Meter vor der Stelle könntest du sogar mit einem Lastwagen hinfahren.«

»Prima. Wir treffen uns dann im Büro.«

Waldinger verschwand kurz hinter einem Baum und setzte sich in seinen Wagen. Er wusste noch nicht, was er dem Staatsanwalt alles präsentieren konnte.

Unbemerkt gelangte er in sein Büro, räumte den Schreibtisch sauber und legte sich ein weißes Blatt Papier bereit. Um überhaupt etwas aufs Papier zu bringen, wollte er in die rechte obere Ecke ein Schneckenhaus malen, das half beim Nachdenken. Doch der Kuli hinterließ nur Druckspuren und landete unsanft im Mistkübel. So nahm er den Bleistift aus seiner Jackeninnentasche und zog die Spur nach.

»Kathrinatag«, schrieb er als Überschrift, holte ein Lineal aus dem Rollcontainer und unterstrich das Wort. War das der Ausgangspunkt?

»Fahrerflucht.«

»Verdächtige:«

Und während er über die Verdächtigen nachdachte, bekam er das Gefühl, dass sich alles ziemlich vage anhören würde.

Wenn er Feursteins Aussage wegließ, hatten sie einen Zeugen aus der ehemaligen Sonderschule, einen Mellauer mit verdächtigen Alkoholproblemen, eine Oma mit einem kaputten Auto, einen Familienstreit in einer Autowerkstatt, einen Mann in Reuthe, der nicht ganz ehrlich war, zwei Fahrzeugteile in unwegsamem Gelände und ein Opfer, das für immer ein Krüppel bleiben würde. Er hatte wiederholt das Gefühl, etwas Wichtiges übersehen zu haben. Aber was?

Punkt eins stand der Staatsanwalt im Türrahmen. Trotz Schulterpolster keine sehr beeindruckende Erscheinung, wie Waldinger wieder einmal feststellen musste. Koch und Meuse kamen wortlos dazu.

»Sodele, sind alle wieder da?«

»Sind wir hier im Kasperletheater?«, dachte Waldinger sich, nickte aber gehorsam.

»Setzt's euch«, sagte Seidl zu Koch und Meuse.

»Oder gar in der Schule?«

»Was geht hier vor?«

Koch suchte umständlich nach einem Taschentuch, und Meuse blickte auffordernd zu Waldinger.

»Wir gehen mehreren Hinweisen nach. Fräulein Scheucher hat Sie gewiss gut informiert.« Waldinger gab sich friedfertig.

»Wie kommt es, dass eine Sekretärin so gut informiert ist? Sie ist als Schreibkraft angestellt.«

»Kein schlechtes Wort über Annette«, zischte Meuse.

Waldinger beeilte sich mit einer Erklärung.

»Dieser Fahrerfluchtfall, wenn wir ihn so nennen wollen, beruht beinahe zu hundert Prozent aus Zeugenbefragungen. Nachdem Fräulein Scheucher erstens am Telefon sitzt und zweitens unsere Gesprächsprotokolle abtippt, wie es sich für eine Schreibkraft gehört, ist sie natürlich recht gut informiert.«

»Was heißt, recht gut?«

»Von den Laborergebnissen und internen Strategien weiß sie selbstverständlich nichts.«

»Die möcht ich jetzt aber wissen. Reden S' nicht drumherum, sagen S' mir die Fakten, die eure Schreibkraft mir noch nicht verraten hat.«

Waldinger blickte hilfesuchend zu seinen Kollegen.

»Nun, die Aussage, dass das betreffende Fahrzeug mit ziemlicher Sicherheit in Bizau vor der Kirche …«

»Stammt von einem Verrückten, ich weiß. Wissen S' nichts Besseres? Eine schriftliche Zusammenfassung liegt in einer Stunde auf meinem Schreibtisch, und morgen früh will ich Sie alle im Büro sehen. Habt's verstanden?«

»Ja«, klang es zumindest von Koch.

Der Nachmittag verging zäh. Schriftliche Berichte waren nicht Waldingers Stärke. Lieber war er draußen unterwegs und sprach mit den Menschen. Auch Koch und Meuse verbrachten die nächsten Stunden am Schreibtisch. Noch immer keinen Hinweis auf einen vermissten Subaru. Sie durchkämmten ebay und den Ländleanzeiger nach gerade erst verkauften Wagen und telefonierten mit Autohändlern im ganzen Land. Es war zum Verzweifeln. Wem hatte der Wagen gehört?

Waldingers Kopf rauchte.

Wer zerlegte das Unfallauto, und wo würden noch weitere Teile auftauchen? Schönenbach und Schwarzenberg, wie passte das zusammen? Er las die Protokolle der Schwarzenberger Nachbarn gründlich durch. In einem der Häuser war an diesem Tag eine junge Frau mit ihrem Neugeborenen aus dem Krankenhaus heimgekommen. Dort hatte natürlich niemand aus dem Fenster geschaut. Aber in dem Bauernhof rechts davon war das Ehepaar den ganzen Tag zu Hause gewesen. Sie hatten sehnlichst auf eine Palette mit Streusalz gewartet, da der Weg vom Laufstall zum Brunnen sehr steil war. Sie wollten die Kühe erst rauslassen, wenn sie gestreut hatten. Der Fahrer hatte Verspätung gehabt. Sie waren immer wieder zum Fenster gegangen, um zu sehen, ob er endlich käme. War es möglich, dass diese nichts bemerkt hatten, wenn jemand an ihrem Hof vorbei zum Waldrand gegangen wäre? Er würde sie selbst nochmals befragen. Irgendein Anhaltspunkt musste doch zu finden sein.

Und die Schönenbacher Schwarzarbeiter? Hätte er sie nur gleich an Ort und Stelle befragt. Die Protokolle klangen abgesprochen. Jeder hatte Schneider den gleichen Mist erzählt. So viele Männer in Schönenbach, und nicht einem war auf der Straße ein Wagen entgegengekommen. Das gab es doch nicht. Wer verschwieg etwas? Niemand konnte sich unsichtbar machen und Autoteile im Wald verstreuen. Jemand musste etwas gesehen haben! Waldinger konnte sich gut vorstellen, dass die Gesprächsprotokolle anders ausschauen würden, wären sie am Stammtisch mitgeschrieben worden.

Er musste an die frische Luft. Der Nieselregen hatte aufgehört. Waldinger wollte im Krankenhaus nach Judith schauen. Die Familie tat ihm leid, doch wie konnte er ihren Schmerz lindern? Seine einzige Möglichkeit war, diesen feigen Fahrer zu finden. Und das würde er. Das war schließlich kein Profi, er würde irgendeinen Fehler machen, und jemand würde endlich den Mund auftun. Es war nur eine Frage der Zeit. Doch Geduld war in diesem Fall nicht Waldingers Stärke.

Er war auf dem Weg zum Schwesternzimmer. Eine junge Schwester öffnete gerade die Tür und ging hinein. Waldinger hörte Oberschwester Reingard, die sie freundlich grüßte:

»Und war es schön? Du siehst ja immer noch ganz blass aus.«

»Doch, das Wetter war herrlich, und wir haben jeden Tag gut gegessen. Was gibt es Neues auf der Station?«, entgegnete die Jüngere mit schwacher Stimme.

»Du hast sicher von dem Unfall auf der Schnepfegg gehört.

Fräulein Gasser geht es noch nicht viel besser. Es ist immer noch ungewiss, ob sie überhaupt überlebt, aber ganz gesund wird sie bestimmt nicht mehr. Tragisch so etwas, und sie haben den Unfallverursacher noch immer nicht gefunden. Du kannst gleich mit mir in ihr Zimmer. Ich erklär dir, was dort zu tun ist.«

Waldinger folgte ihnen. Er blieb vor der offenen Tür stehen und erschrak bei dem Anblick, der sich ihm bot: Sie wirkte so klein, so jung. Rasierte Haare, dicke Pflaster im Gesicht, Kabel, Schläuche …

Die Tür schloss sich hinter den Schwestern. Er blieb im Flur und schaute aus dem Fenster. Die Lampen des Flurs spiegelten sich in der schon länger nicht mehr geputzten Scheibe. Er sah eine gebeugte Gestalt näher kommen, er hörte die Schritte und drehte sich um.

Judiths Vater. Auf den ersten Blick hatte er ihn nicht erkannt. Gar nicht mehr der fröhliche Wirt und Musikant, als der er im Dorf bekannt war. Eingefallene Wangen, unrasiert, unendlich müde sah er aus.

Er ging auf ihn zu, drückte kurz seine Hand. Sie schauten sich nicht in die Augen.

»Meine Frau schafft es nicht mehr hierherzukommen«, murmelte er. »Sie wird nie mehr unsere Judith werden. Die Ärzte haben uns gestern unsere letzten Hoffnungen genommen. Wenn sie überlebt, dann bleibt sie ihr Leben lang ein Krüppel.«

»Das tut mir leid.«

Waldinger schluckte. Die Zimmertür öffnete sich, und die junge Schwester kam heraus.

Waldinger murmelte etwas Unverständliches und folgte der Schwester über den Flur. Als sie sich umdrehte, fragte er leise: »Wie geht es ihr?«

»Das darf ich Ihnen nicht sagen.«

»Wird sie überleben?«

»Ich weiß es nicht.«

Waldinger fühlte einen dicken Knoten in seiner Brust. Er hatte gehofft, Judith sehen zu dürfen. Wider Erwarten hatte er in seiner Vorstellung sogar ein kurzes Gespräch mit ihr geführt. Aber hier war die Lage ernst. Es ging immer noch um Leben und Tod.

Er fuhr langsam nach Hause. In Alberschwende ging der Regen in Schnee über. Die Autofahrer zeigten sich übervorsichtig, aber das würde nicht lange anhalten, wie Waldinger wusste. Wahrscheinlich waren auch noch einige mit Sommerreifen unterwegs. Die Winterreifenpflicht galt zwar, aber wer kümmerte sich schon darum? In Egg bog er vor dem Kässtadel rechts ab und fuhr nach Schwarzenberg. Der Hof der Steurers lag idyllisch am Waldrand. Die Straße führte direkt am Küchenfenster vorbei und ging hinter der Maschinenhalle in einen Forstweg über. Dort blieb der Schnee liegen. Der Vorplatz war sauber geräumt.

Waldinger parkte und ging in Richtung Stall. Das neu erbaute Gebäude wirkte modern und sauber. Der erwartete intensive Stallgeruch blieb aus, als er die Holztür öffnete. Die Kühe standen auf frischem Stroh und blickten ihm ruhig kauend entgegen. Die Melkmaschinen surrten leise. Der Bauer kam mit einem einbeinigen Hocker, den er mit einem Gürtel umgeschnallt hatte, auf ihn zu.

»Grüß dich. Kann ich helfen?«

»Waldinger. Wie viele Kühe stehen hier?«

»Fünfzig. Und noch etliches Jungvieh im alten Stall.«

»Schön. Darf ich kurz stören? Ich hätte noch die eine oder andere Frage.«

»Sofort. Die Bella ist grad leer. Ich häng noch gschwind die Ida dran.«

Waldinger kam zur Ruhe. Bauer sein. Das hatte schon was. Er kraulte eine Kuh zwischen den Hörnern. Vielleicht wäre der Job als Bürgermeister keine so schlechte Alternative. In einem kleinen Dorf wie Bizau war das nur ein Halbtagesjob, und es bliebe genügend Zeit für ein paar Tiere rund ums Haus.

»So, was musst noch wissen?«

»Die Kühe haben noch Hörner. Das sieht man nicht mehr oft.«

Steurer nickte stolz.

»Wann hat man euch das Salz geliefert?«

»Versprochen war es für Mittag. Ist aber schon dunkel gewesen. Ich war schon fast fertig mit Melken.«

»Wo ist deine Frau, während du hier bist?«

»Sie versorgt das Jungvieh.«

»Dann hättet ihr am Abend nicht bemerkt, wenn jemand am Hof vorbeigefahren wäre.«

»Nicht sicher. Dein Auto hab ich heut gehört. Aber vielleicht war ich auch nur aufmerksamer. Es tut mir leid, dass ich nicht helfen kann.«

»Schon gut, wir wären nur froh über jede Spur, die sich ergibt.«

Der Bauer nickte. »Das verstehe ich. Schwierige Geschichte. Wie geht's dem Mädchen? In der Zeitung stand heute nichts von ihr.«

»Sie liegt noch immer im Koma. Ihre Familie verkraftet es nicht.«

»Das ist auch sicher nicht einfach, aber ich will da nicht groß mitreden, wir haben nie Kinder bekommen.«

»Ich habe drei. Ich sollte dankbar sein, dass es ihnen allen gut geht. Im Alltag denkt man nicht dran.«

Der Bauer drehte sich zur Melkmaschine um.

»Ich muss weitermachen. Tut mir leid, die ganze Geschichte. Ich hätte euch gerne weitergeholfen.«

Als Waldinger aus dem Stall trat, merkte er, dass es wieder begonnen hatte zu schneien.

Auf dem Heimweg kehrten seine Gedanken zu dem kurzen Gespräch zurück. Wie hatten Helga und er sich gefreut, als Helga kurz nach der Hochzeit schwanger geworden war. Das Haus war gerade fertig geworden, und sie hatten sogleich ein Kinderzimmer hergerichtet. Martin war ein problemloses Baby gewesen, und schon ein halbes Jahr später hatte sich Michaela angekündigt. Das Familienglück war komplett. Doch ihre Tochter brachte sie monatelang um jeden Schlaf und schrie viel. Niemand wusste, warum. Heute würde man sie zu allen möglichen Heilpraktikern schicken und etwas unternehmen. Vor gut zwanzig Jahren war es eben ein anstrengendes Kind. Doch vier Jahre später kam Kathrin. Sie war schon als Baby fröhlich und aufgeweckt und der Sonnenschein der Familie. Sie ließ Helga die anstrengende Zeit mit einem Schreibaby schnell vergessen. Und heute waren sie alle aus dem Haus. Selbst das Küken kam nur noch am Wochenende nach Hause. Wie schnell doch die Jahre vergangen waren.

Nach dem Abendessen wollte Helga ein Schaumbad genießen. Waldinger machte sich selbst eine große Tasse Tee. Zur Feier des Tages gewürzt mit einem ordentlichen Schluck Rum. Der erste Schnee, und das am ersten Dezember. Waldinger liebte den Winter, den ersten Schnee zelebrierte er Jahr für Jahr. Er zog seine Strümpfe aus, krempelte die Hosenbeine hoch, nahm die heiße Tasse mit und stellte sich vor der Gartentür in den zugeschneiten Rasen. Dicke, feuchte Flocken fielen aus den Wolken. Im Schein des Küchenfensters leuchteten sie wunderbar. Er nahm vorsichtig einen heißen Schluck. Er würde so lange barfuß im Schnee bleiben, bis die Tasse leer war.

Freitag

Der Schnee war liegen geblieben. Es schneite noch immer dicke Flocken. Auf dem Frühstückstisch leuchtete die erste Kerze des Adventkranzes. Helga stand am Herd und behielt den Minutenzeiger ihrer Armbanduhr im Auge. Sie wusste, wie er sein Frühstücksei liebte. Exakt viereinhalb Minuten und, ohne es abzuschrecken, noch kurz nachziehen lassen. Dann war es perfekt!

»Guten Morgen, es schneit immer noch«, sagte Helga, während sie die zwei Eier behutsam aus dem Topf nahm.

»Morgen. Ja, herrlich.« Waldinger stellte sich ans Fenster in der Küche. Die Fußtritte vom Vorabend waren nicht mehr zu sehen.

»Schade, dass ich ins Büro muss, das wäre ein Wetter für eine ausgiebige Winterwanderung!«

Helga lachte: »Der Winter fängt gerade erst an, es ist Anfang Dezember, Noldi, der Schnee rennt dir schon nicht weg.«

»Trotzdem schade. Ich fürchte, auch am Wochenende wird es nichts mit einem freien Tag. Wir treten auf der Stelle. Es ist zum Verzweifeln.«

»Ihr findet ihn schon! Ich kann nur den Gedanken nicht ertragen, dass du vielleicht einen Einheimischen verhaften musst. Glaubst du wirklich, dass es einer aus dem Dorf war?«

»Ich hoffe nicht, aber wer sonst fährt denn noch über die Schnepfegg? Auswärtige bleiben doch in der Nacht auf der Bundesstraße.«

Er köpfte sein Ei und nickte zufrieden. »Perfekt.«

Helga lächelte. »Schnee und ein weiches Ei, mehr brauchst du nicht zum Glücklichsein.«

Er leckte den Löffel sauber. »Ich muss los. Heute dauert es sicher, bis ich bei den Fahrverhältnissen im Büro bin. Bin gespannt, wie weit hinaus es geschneit hat. Und lass den Schnee liegen. Ich räum den Platz am Abend. Ich schau, dass ich halbwegs zeitig heimkomme.«

»Dann fahr vorsichtig.«

Die Autofahrer hatten sich schnell auf die winterlichen Bedingungen eingestellt. Der Morgenverkehr rollte zügig talauswärts. Unterhalb des Achraintunnels war es dann vorbei mit dem Schnee. Es rieselte nur noch.

Kurz vor acht waren alle im Büro.

Koch und Meuse machten es sich bei Waldinger bequem und warteten auf Seidl.

»Hoffentlich hat ihm der Urlaub gutgetan«, sagte Koch. »Unausstehlicher wie davor kann er kaum sein«, war Meuses Meinung.

»Der wird nicht mehr anders. Wir stellen uns besser gleich drauf ein«, meinte Waldinger.

»Wie präsentieren wir die Geschichte am besten?«

Da klingelte das Telefon auf Waldingers Schreibtisch. Annette hatte ihm jemanden durchgestellt.

»Waldinger.«

Er schlug die Hand vor den Mund und hielt den Atem an.

»Ich komme sofort!«

Er knallte den Hörer aufs Telefon, nahm seine Jacke vom Haken und schlug die Tür hinter sich zu.

»Was sind denn das für Manieren?«, wunderte Meuse sich.

»Und was sagen wir Seidl, wenn wieder nicht alle im Büro sind?« Koch öffnete die Tür und fragte Annette: »Hast du eine Ahnung, wer dran war?«

»Die Leitung des Krankenhauses.«

Da stand plötzlich Seidl im Raum und schaute auf seine klobige Armbanduhr. »So, alle pünktlich heut?« Sein Blick fiel auf Waldingers Sessel hinter dem Schreibtisch. Sein Zeigefinger bohrte ein Loch in die Luft. »Wo ist er?«

Jede Ampel stand auf Rot. Zum Krankenhaus war es nicht weit, aber heute kamen ihm die zwei Kilometer ewig lange vor.

Obwohl er sich insgeheim eingestehen musste, dass mit seiner Hektik niemandem geholfen war, trommelte er ungeduldig mit den Fingern aufs Lenkrad.

Er parkte verbotenerweise direkt vor dem Haupteingang und stürmte in die Richtung von Judiths Zimmer. Schwester Reingard höchstpersönlich schob davor Wache.

»Kann das ein Versehen gewesen sein?«, fragte Waldinger.

»Nein«, betonte die Oberschwester energisch.

»Hatte sie gestern Abend noch Besuch?«

»Ihr Vater und der jüngste Bruder waren da.«

»Weiß ihre Familie schon Bescheid?«

»Natürlich, wir haben sie heute früh gleich informiert. Herr Gasser wird jeden Moment kommen.«

Die Schwester schüttelte den Kopf.

»Ich verstehe das nicht. Gestern erst sagten wir im Schwesternzimmer noch zueinander, wir glauben, sie ist über den Berg. Ich dachte, wenn sie jetzt zu sich kommt, lässt sich auch der Unfall leichter erklären und Sie finden den Lenker, aber dann dieser Schock. Vielleicht war sie beim Unfall doch nicht nur zufällig das Opfer eines Fahrerflüchtigen geworden. Vielleicht …«

»Darf ich mich im Zimmer kurz umschauen?«, unterbrach Waldinger sie.

»Moment, ich schicke Ihnen eine Schwester mit. Warten Sie kurz.« Sie eilte zum Schwesternzimmer.

»Gerlinde, erklär dem Herr Kommissar die Geräte. Entschuldigen Sie mich, die Krankenhausleitung erwartet mich.«

Die blasse Krankenschwester von neulich begleitete ihn in Judiths Zimmer.

»Waren Sie gestern auch da?«

»Ja.«

»Wie lange?«

»Bis halb zehn.«

»Gestern Spätschicht und heute früh schon wieder auf den Beinen?«

»Im Moment ist viel los.«

»Sie sehen blass aus.«

»Dieser Schalter war ausgeschaltet. Wenn die Nachtschwester nicht als Erstes in dieses Zimmer geschaut hätte, wäre es zu spät gewesen.«

Waldinger versuchte, der Erklärung zu folgen, doch was er anschließend sicher wusste, war, dass Judith zum zweiten Mal innerhalb einer Woche beinahe gestorben wäre. Und das aufgrund eines umgelegten Schalters.

»Wie lange war der Besuch gestern da?«

»Bis halb zehn. Sie gingen gerade zu ihrem Wagen, als auch ich Feierabend machte.«

»Ich werde die Spurensicherung schicken müssen. Bitte lassen Sie heute niemanden in diesen Raum, bevor die nicht alles untersucht haben.«

Die junge Frau nickte heftig. Sie sah aus, als ob sie sich gleich übergeben würde.

»Ist Ihnen nicht gut?«

In Bregenz war es im Unterschied zum Bregenzerwald üblich, einander zu siezen.

Sie hielt die Hand vor den Mund und stürmte aus dem Zimmer. Waldinger nützte die Chance und trat zu Judith ans Bett. Sie hatte die Augen geschlossen, sie schien friedlich zu schlafen.

»Was ist hier los? Hast du Geheimnisse?«, flüsterte er sanft. Er berührte vorsichtig ihre schmale Hand.

»Ich mach mir Sorgen um dich. Werd doch wieder gesund. Deine Familie braucht dich.«

Er drückte die Hand vorsichtig.

»Hör zu, Judith: Du wirst gesund, und ich klär die Sache auf. Abgemacht?«

Vorsichtig zog er die Tür hinter sich ins Schloss und setzte sich auf einen Sessel im Flur. Es dauerte einige Minuten, dann kam die Oberschwester die Treppe heraufgeeilt.

»Bitte, setzen Sie sich kurz zu mir«, bat Waldinger sie.

Kurzatmig nahm sie Platz.

»Sie sind völlig überarbeitet. Wann hatten Sie zuletzt einen freien Tag?«

Ungläubig schaute die Frau Waldinger an.

»Und die junge Schwester ist krank, die sollte doch eigentlich auch zu Hause sein.«

»Wollen Sie uns etwa Vorwürfe machen? Wir tun alles, was in unserer Macht steht.«

Beruhigend legte er ihr seine rechte Hand auf den Unterarm.

»Ich mache Ihnen keine Vorwürfe, gewiss nicht, ich mache mir nur Sorgen um Sie. Und die andere Schwester musste sich übergeben. Dann gehört man doch ins Bett.«

»Sie ist nicht krank, und sie war gerade eben für eine Woche im Urlaub. Ich vermute, sie ist schwanger. Aber ich will sie nicht darauf ansprechen. Das liegt an ihr, wann sie uns Bescheid sagen möchte. Aber ab neun Uhr wird es besser.«

»Aha. Aber Spät- und Frühdienst sind wohl doch zu viel für sie.«

»Sie macht ihre Sache gut. Die Patienten mögen sie, sie hat ein wunderbares Einfühlungsvermögen. Sie arbeitet diese Woche ein paar Stunden rein, die sie letzte Woche freinehmen musste. Sie hatte wohl irgendwo eine Reise gewonnen und wollte diese natürlich nicht verfallen lassen.«

»Und bei Ihnen? Fühlen Sie sich dieser Situation gewachsen?«

Hektisch sprang die Schwester auf.

»Sie haben recht. Ich muss wieder an die Arbeit. Zeit für Kaffeekränzchen hat man wohl nur bei der Polizei.«

Sie nahm die letzten Meter zum Schwesternzimmer im Laufschritt.

Waldinger schaute auf die runde Uhr an der weißen Wand. Kurz vor neun. Er rechnete damit, dass Familie Gasser jeden Moment auftauchen würde. Genauso die Kollegen von der Spurensicherung. Er hatte gehofft, dass diese sich beeilen würden. Er konnte und wollte Judiths Familie nicht aus dem Zimmer fernhalten.

Familie Gasser kam zuerst. Waldinger nickte grüßend und ließ sie ins Zimmer. Die Fahne der Frau war offensichtlich. Der Wirt entschuldigte sich. »Ich wollte die Jungs zuerst in die Schule bringen, aber sie haben sich schlichtweg geweigert, aus dem Wagen zu steigen.«

»Verständlich«, murmelte Waldinger. Die Spurensicherung würde nichts mehr ausrichten. Wahrscheinlich hätten sie eh nichts Brauchbares gefunden, tröstete Waldinger sich selbst.

Die Leitung des Krankenhauses, drei Männer in dunkelgrauen Anzügen, verschwand ebenfalls in Judiths Zimmer. Waldinger kam sich überflüssig vor und machte sich auf den Rückweg in sein Büro.

Koch und Meuse erwarteten ihn mit langen Gesichtern. Jeder hatte einen dicken Papierstapel in der Hand. Koch seufzte. »Bevor das nicht alles ausgefüllt ist, geht keiner aus dem Haus. Von uns ausgefüllt. Annette hat er mit irgendwelchen Papieren nach Bludenz geschickt. Die sehen wir heute Vormittag nicht wieder.«

»Reine Schikane!«, erboste Meuse sich. »Schau dir den Quatsch doch an. Als ob wir nichts Besseres zu tun hätten. Papierverschwendung, aber damit geizt unser Schwabe heute nicht.« Meuse schleuderte die Papiere auf den Tisch, ging zur Tür und verkündete: »Der kann mich mal.«

Dann drehte er sich noch einmal um. »Und wohin bist du eigentlich ohne eine Erklärung verschwunden?«

»Ins Krankenhaus. Heute Nacht hat jemand die Apparate von Judith manipuliert. Sie wäre beinahe gestorben.«

Meuse wurde blass und kam zurück ins Büro. Fassungslos setzte er sich wieder:

»Das ist nicht dein Ernst, oder?«

»Doch. Jemand wollte sie umbringen.«

Die Stille wurde nur vom Ticken der Wanduhr unterbrochen.

Waldinger nahm das oberste Blatt vom Papierstapel, er wollte etwas tun, etwas sagen.

»Methodik der fallbezogenen Verdächtigenermittlung;

subjektive Intentionen und Fähigkeiten sowie charakteristische Voraussetzungen des Täters / der Täterin im Fall des Fahrerfluchtdelikts auf der Schnepfeggerstraße.«

Darunter Punkte und viele leere Zeilen.

»Der hat wohl einen intellektuellen Kursus belegt, und wahrscheinlich glaubt er noch, dass uns der Schmarren was nützt«, maulte Koch.

»Hör dir doch mal diese Frage an: Analyse der Begehungsweise und der Beweislage mit der Zielstellung der Zeugenermittlung und anschließende Bestimmung der einzelnen Ermittlungsbereiche auf ebendieser Grundlage und der Versionen potenzieller Wahrnehmbarkeitsbereiche.«

»Der spinnt wirklich.«

Waldinger schüttelte empört den Kopf.

»Da muss ich zuerst einen Deutschkurs machen.«

Dann verließ er das Büro wieder, so schnell er konnte. Besser, wenn Seidl ihm jetzt nicht unter die Augen geriet. Als ob sie nichts Besseres zu tun hätten.

Koch verzog ihr Gesicht zu einer Grimasse, doch das sah er nicht mehr.

Er wollte am Nachmittag bei Familie Gasser im Berghaus vorbeischauen und nützte dies als Anlass, zu Hause zu Mittag zu essen.

Als er in Bizau ankam, hatte er sich wieder beruhigt.

Da es noch nicht zwölf Uhr war, wollte er die Gelegenheit nützen und endlich einen Blick in die Scheune werfen, für die Hubert anscheinend keinen Schlüssel hatte.

Er klingelte bei Hubert und Gerlinde und staunte nicht schlecht, als ihm die Krankenschwester von Judith die Tür öffnete.

»Aha, so sieht man sich wieder. Dienst beendet?«

Verlegen blickte die junge Frau auf ihre Hausschuhe.

»Tut mir leid, mir war heute Morgen nicht gut. Ich habe mir freigenommen. Ich musste mich ein wenig hinlegen.«

»Wohnst du hier mit Hubert zusammen? Schon länger?«

»Ja, schon fast zwei Jahre.«

»Ich habe dich in Bizau noch nie gesehen. Wo kommst du her?«

»Aus Warth, eigentlich, aber ein paar Jahre wohnte ich bei einer Familie in Schnepfau.«

»Ich würde gerne einen Blick in eure Scheune werfen, kann ich den Schlüssel haben?«

Gerlinde zog fragend eine Augenbraue hoch, nickte und kramte aus ihrer Handtasche, die in der Garderobe hing, einen Schlüsselbund hervor.

»Da steht fast nur Sperrmüll drin«, meinte sie, während sie einen einzelnen Schlüssel löste.

»Es muss sein«, erwiderte Waldinger. »Ich bring dir den Schlüssel gleich zurück. Leg dich wieder hin.«

Die Frau von Hubert war also die Krankenschwester von Judith. Sollte da etwas klingeln? Vor zwei Jahren waren sie hier eingezogen, es gab damals jede Menge Gerüchte, er musste sich mit Helga unterhalten. Seine Frau erinnerte sich immer besser an solche Geschichten als er selbst. Eine rote Katze saß unter dem Vordach der alten Scheune.

Waldinger drehte den Schlüssel im Schloss und trat ein. Die Scheune war beinahe leer. Ein Damenfahrrad, ein paar armselige Topfpflanzen und wenige Gartengeräte lehnten an der einen Wand, die andere war mit Brennholz zugestapelt, Abfallholz in allen Formen und Größen. Mitten im Raum ein kleiner Grill und ein halber Sack Kohle. Und einige große Kartons mit dem angekündigten Sperrmüll dahinter. Das war's. Platz für ein Auto wäre noch genug. Warum ließ Hubert seinen Audi dann im Freien stehen?

Wieder nichts.

Waldinger brachte den Schlüssel zurück und freute sich auf das

Mittagessen. Hoffentlich wartete Helga nicht schon zu lange. Inzwischen war es fast halb eins.

»Ich hab schon geglaubt, du kommst nicht mehr.«

»Was gibt es Gutes?«

»Fisch und Salzkartoffeln mit Salat. Ich wärme es nochmal auf«, sagte Helga. »Wo warst du denn noch?«

»Erinnerst du dich an die Pflegetochter von Gmeiners in Schnepfau?«

»Gerlinde?«

Waldinger nickte.

»Natürlich. Was ist mit ihr?«

»Ich glaub, es ist warm genug. Erzähl mir nochmal die Geschichte von ihr. Keine Ahnung, ob sie was mit dem Fall zu tun hat, aber irgendetwas kommt mir sonderbar vor. Bitte versuch, dich an alles zu erinnern, du vergisst doch nie etwas.«

Während Waldinger hungrig zugriff, erzählte Helga.

»Sie kommt aus Warth, denke ich, wuchs bei ihren Großeltern auf, weil die Mutter nicht dazu in der Lage war, sie großzuziehen. Sie war selbst noch jung und auf Drogen und so, hat man erzählt. Und irgendwann mit vierzehn hat Gerlinde der Lehrerin im Poly erzählt, dass der alte Depp sich ständig an ihr vergriffen hatte. Stell dir das vor, so ein Schwein.«

»Der Großvater?«

»Ja, der eigene Großvater. Wahrscheinlich schon an seiner Tochter, wahrscheinlich war die deshalb auf Drogen.«

»Lass bitte mal die Vermutungen weg. Wie ging es mit Gerlinde weiter?«

»Ja, das weißt du doch. Sie kam zu Gmeiners in Pflege. Ein schüchternes Mädchen, brav, fleißig, aber beinahe stumm. Es dauerte fast zwei Jahre, bis sie sich getraute, einfach mal den Mund aufzumachen. Aber sie hat sich gut gemacht.«

»Was tat sie nach dem Poly?«

»Ich glaube, sie machte erst eine Konditorlehre, aber als sie alt genug war, ging sie auf die Schwesternschule. Wollte Krankenschwester werden.«

»Und das ist sie ja auch. Wann zog sie bei Gmeiners aus? Mit achtzehn?«

»Nein, sie blieb noch ein wenig länger bei ihnen, erst als sie Hubert kennenlernte, zog sie aus.«

»Kennst du den etwa auch?«

Waldinger war satt, zog aber trotzdem die Salatschüssel näher, um sie leer zu essen.

»Der ist doch im Suff mit seinen Fäusten auf den eigenen Vater losgegangen, die Mutter ging damals mit einem Wagenheber dazwischen. Ich glaube, er war dann auf Entzug, als junger Kerl, schrecklich, oder? Und dann zwei Jahre auf irgendeinem Biohof im Oberland, soziales Projekt oder so ähnlich.«

»Und der ist jetzt mit Gerlinde zusammen?«

»Ja, und ich glaube, die tun sich gegenseitig gut. Wenn man die Vorgeschichten nicht kennen würde, tät ich sagen, ein normales junges Paar. Er arbeitet jetzt beim Berger. Ich glaube, der Michl hat ihm das vermittelt. Bei der Feuerwehr ist Hubert auch, und da ist der Michl ja Vizekommandant.«

»Ich bin voll. Ich leg mich noch zwei Minuten aufs Kanapee. Hat wieder gut geschmeckt.«

Helga räumte den Tisch ab und meinte dann: »Die Gerlinde war mit Renate im Urlaub, mit der Frau vom Josef, das habe ich dir doch erzählt. Renate meint, sie wäre wohl schwanger. Anscheinend hat sie auf Gran Canaria keinen einzigen Tropfen getrunken und ständig Folsäure-Tabletten in der Handtasche rumgeschleppt.«

»Folsäure?« Waldinger gähnte.

»Das nehmen Schwangere heutzutage anscheinend.«

Zur Verdauung räumte Waldinger den Vorplatz schneefrei und schaufelte den Weg zum Komposthaufen hinter dem Haus frei. Nicht, dass es schon nötig gewesen wäre, aber manchmal kamen ihm die besten Ideen, während er sich körperlich betätigte.

Dann fuhr er auf die Schnepfegg.

Dominik und David saßen auf der Schaukel und zeichneten mit den Stiefelspitzen Muster in den Schnee.

Waldinger winkte ihnen zu.

»Sie haben uns rausgeschickt«, rief Dominik.

»Der Doktor ist bei Mama. Sie schläft, und wir sollen keinen Radau machen, hat der Doktor gesagt.«

»Es ist nicht einfach für eure Mutter«, sagte Waldinger.

»Sie hat die ganze Fahrt über laut geweint.« Dominik rannen Tränen übers Gesicht.

»Wir müssen stark sein. Judith braucht uns.«

Er putzte seine Nase am Ärmel seines Anoraks sauber und schniefte weiter.

»Jetzt hat es endlich Schnee. Judith hat mit uns immer Schneemänner gebaut. Eine Frau mit Kopftuch und einen Mann mit einem Kübel als Hut. Ich habe ein Foto davon in meinem Nachtkästchen.«

»Wenn du ein Tuch und einen Kübel holst, helfe ich euch.«

Der Schnee war ideal zum Bauen, feucht genug, und ihre rollenden Kugeln hinterließen grüne Streifen auf der Wiese.

David verschwand und kam kurz darauf mit zwei Karotten aus der Küche. Waldinger rieb sich die Hände. Beim nächsten Besuch würde er Handschuhe mitbringen.

Als Koch ihren Wagen in die Auffahrt vor ihrem Haus lenkte, reagierte der Bewegungsmelder und tauchte den Vorplatz in düsteres Licht. Sie war erschöpft. Sie hatte sich die Finger wund geschrieben. Hoffentlich nahm Seidl das zur Kenntnis. Und trotzdem war ihr nichts Neues aufgefallen.

Andreas Wagen war noch nicht da.

Sie zog die Handbremse fest und zog sich eine Mütze über die kurzen Haare. Der Schnee fiel in feuchten Flocken aus den tiefen Wolken. Mit schnellen Schritten eilte sie zur Haustür, in der Hand den Schlüsselbund.

Pflatsch. Der Schlüsselbund fiel auf die nassen Pflastersteine. Ihr Herzschlag beschleunigte sich. Da saß jemand auf der letzten Stufe vor der Eingangstür. Schwarze Daunenjacke, schwarze Mütze. Sie blieb stehen und hielt den Atem an. Die Person stand auf und schaute ihr trotzig entgegen.

»Menschenskind, Niklas, wie hast du mich erschreckt!«

Sie atmete hörbar aus.

»Ist Papa nicht da?«, fragte der Junge mit einer Mischung aus Angst und Enttäuschung.

»Ne, aber er wird bald auftauchen, lass uns drinnen warten.«

Noch im Flur zog Koch das Handy aus ihrer Tasche.

»Niklas ist da. Ruf am besten seine Mutter an, ich glaube, die weiß von nichts.«

Der Zwölfjährige blickte zu Boden.

»Häng die nassen Sachen da über den Ofen, und zieh dir hier ein paar warme Hausschuhe an. Bist du abgehauen?«

»Ne.«

»Magst du Spaghetti?«

Nicken.

Nach dem Essen spielten sie zusammen mit Andreas mehrere Runden Knobelix, bis es endlich klingelte.

»Yvonne, komm rein. Ach, du hast die Kleine dabei. Ich hab sie ja noch nie gesehen. Wie alt ist sie jetzt?«, fragte Koch freundlich.

»Hallo, Karin. Emmi ist schon wieder fast ein halbes Jahr. Niklas macht mich noch verrückt.«

»Ich zieh der Kleinen die Sachen aus. Andi und Niklas sind in der Küche. Ich lass euch besser alleine.«

Mit Mühe bekam Koch das Baby aus dem Maxi-Cosi und zog ihm Mütze, Jacke und die winzigen Schühchen aus. Vorsichtig nahm sie es auf den Arm. Wie zufrieden die Kleine war. Aus der Küche hörte sie laute Stimmen. Sie ging mit dem Baby ins Wohnzimmer und legte es auf den Teppich vor dem Heizkörper. Spielzeug hatte sie keines, aber einen Schlüsselbund.

Es hörte sich an, als würde Andreas Yvonne Vorwürfe machen.

Sie wollte horchen, machte dann aber doch das Radio an, er würde ihr später schon erzählen, was los war.

»Wo haben wir den Ramazotti? Ich brauch einen Schnaps.« Andreas erschien aufgebracht in der Tür.

»Nichts als Scherereien mit den zweien. Hoffentlich kommst du besser mit deiner Mama klar«, sagte er sanfter, als Emmi ihn erschrocken ansah.

Und, zu Koch gewandt, fügte er hinzu: »Wenn wir erst ein Baby haben. Du machst bestimmt alles richtig.«

Mit der Flasche in der Hand ging er wieder in die Küche.

Es war schon zehn vorbei, und Yvonne drängte zum Aufbruch.

»Bei dem Wetter brauch ich bestimmt mehr als zwei Stunden, bis wir in Holzgau sind. Hoffentlich schläft die Kleine gleich ein.«

»Hast du Winterreifen drauf?«, fragte Koch besorgt, als sie angezogen im Flur standen.

»Klar, ich hab ja erst vor zwei Wochen ein neues Auto gekauft, zwar gebraucht, aber die Winterreifen sind neu.«

»Ein neues Auto? Was für eines?«, fragte Andreas neugierig.

»Einen roten Polo. Meinen alten Justy hätte ich nicht mehr durch den TÜV gebracht, ich bin froh, dass ich ihn noch verkaufen konnte, aber der Typ war Mechaniker und wollte ihn selber ein wenig herrichten.«

»Farbe?«, warf Koch ein.

»Bitte?«

»Welche Farbe hatte der Justy?«

»Silber.«

Samstag

Der nächtliche Schneefall war durch die Plusgrade in der Früh zu einer unansehnlichen Matsche zusammengesunken.

Waldinger sah Annette durch den Matsch eilen, ihr Fahrrad hatte sie heute zu Hause gelassen. Er stieg aus dem warmen Wagen und eilte ihr hinterher.

»Morgen«, rief er, als sie sich vor der Eingangstür die Schuhe sauber stampfte.

»Morgen, so ein Matsch aber auch«, sie zeigte auf ihre schmutzigen Schuhe. »Die Putzfrauen werden heute keine Freude mit uns haben.«

»War Seidl unausstehlich mit dir?«

»Ach, kein Problem, wir kennen ihn ja.«

Sie gingen durch das Foyer auf den Lift zu, als Koch die Treppe herunterkam und ihnen aufgeregt zuwinkte. »Ich hab Neuigkeiten.«

»Gute oder schlechte?«, fragte Waldinger argwöhnisch.

Koch senkte die Stimme und flüsterte geheimnisvoll: »Eine heiße Spur!«

»Schön wär's«, seufzte Waldinger.

»Ich muss nur kurz zum Automaten.«

»Ich mach im Büro Kaffee, spann mich nicht auf die Folter.«

»Zigaretten, zur Feier des Tages«, strahlte sie und verschwand um die Ecke.

Im Büro trommelte Waldinger ungeduldig mit beiden Daumen gegen seinen Bauch. Meuse zog eine kurze Grimasse, als er zur Tür hereinkam.

»Hast dich ja gestern bestens gedrückt«, und warf einen Stapel

Papier auf den leeren Stuhl.

»Ich bin der Chef«, sagte Waldinger mit einem Zwinkern, wurde aber gleich ernst und erzählte von Kochs Andeutung.

Da kam sie endlich, fegte die Papiere zur Seite und setzte sich auf den leeren Stuhl.

»Der silberfarbene Justy wurde entdeckt, gefunden, erkannt. Es kann nur dieser sein. Frisch aus dem Lechtal importiert, sozusagen.«

»Wer?«, fragte Meuse.

»Wer ihn importiert hat? Na, unser gesuchter Mann.«

»Ich versteh dich nicht, fang vorne an«, warf Waldinger ein.

»Eine Bekannte, genauer gesagt, die Ex von meinem Freund, hat letzte Woche Freitag ihren alten maroden Justy verkauft. Kleine Gratiszeitungsannonce. Ein junger Mann hat ihn abgeholt. Ein Wälder. Letzten Freitag. Er wollte ihn selber richten und als Winterauto benützen, weil ihm sein Neuwagen zu schade ist für Salz und Split.«

»Und wer ist dieser Wälder?«, fragte Meuse. »Kennen wir ihn?«

»Keine Ahnung, wir machen einfach eine Gegenüberstellung mit allen potenziellen Verdächtigen, und dann haben wir ihn.«

»Und wenn er keiner unserer Verdächtigen ist?«, fragte Waldinger kritisch.

»Jetzt seid doch nicht so pessimistisch! Dann können wir sie zumindest ausschließen und uns auf andere Theorien konzentrieren.«

»Du denkst also, dass derjenige das Auto am Freitag gekauft, den Unfall begangen und das Auto noch am selben Tag verschrottet hat?«, warf Meuse ein.

»Klingt doch logisch, darum meldet sich auch keiner, dem ein solches Auto in seiner Nachbarschaft fehlt, weil es nie einer gesehen hat«, konterte Koch.

»An wen hast du bei der Gegenüberstellung gedacht?«, fragte Waldinger weiter.

»Das müssen wir jetzt gemeinsam klären.«

»Jürgen«, sagte Meuse sofort, »der Kerl gefällt mir nicht. Ich glaub einfach nicht, dass er Judith aussteigen ließ, damit sie ihm nicht das Auto vollkotzte. Wenn ihr so übel war, hätte sie sich doch schon im Auer Wald übergeben.«

Waldinger überlegte länger und meinte zweifelnd: »Mark, der Kerl soll ruhig ein wenig Muffensausen kriegen. Es ärgert mich immer noch, wie er, ohne ein Wort zu sagen, in seinem Büro sitzt.«

»Ich dachte als Erstes an Hubert. Bei dem war doch auch was faul. Und ist er nicht gelernter Mechaniker?«, sagte Koch.

»Was ist, wenn die Oma aus Langenegg wirklich einen Enkel deckt?«, fragte Meuse weiter.

»Der Spur gehen wir nach, wenn die Gegenüberstellung fehlschlägt«, bestimmte Waldinger und nahm den Telefonhörer zur Hand.

Erleichtert ob der Aussicht, dass endlich Bewegung in die Sache kam, schenkte Waldinger Kaffee aus. Der Duft lockte anscheinend auch den Staatsanwalt in sein Büro.

»Kaffeekränzle?«, fragte er.

»Wir haben Grund zu feiern, wir haben sozusagen eine heiße Spur«, sagte Waldinger.

»Jo, denn schwätz halt scho!«

»Im Lechtal, in Holzgau, wurde letzten Freitag ein silberner Subaru Justy verkauft. Die ehemalige Besitzerin ist auf dem Weg hierher, genauso wie einige unserer potenziellen Verdächtigen.«

»Na, bravo, da seht's er wieder, was so ein Tag im Büro alles bringt. Gscheider, ab und an a Papier zum Ausfüllo, als ständig im ganzo Land underwegs zom sei«, sagte er selbstgefällig. Die drei blieben ihm einen Kommentar schuldig.

Yvonne war sorgfältig geschminkt, trotzdem zeigten sich vor Aufregung rote Flecken auf ihren Wangen. Sie hatte mit ihren Kindern auf der ausziehbaren Couch in Kochs Wohnzimmer geschlafen. Da sie nicht auf eine Übernachtung eingestellt waren, hatten sie einiges improvisieren müssen. Schon in aller Hergottsfrühe hatte Koch ihre Nachbarn rausgeklingelt und nach Windeln gefragt. Der Weg ins Lechtal noch in der Nacht und gleich am Morgen dann nach Bregenz wäre zu viel gewesen für die drei. Andreas hatte sich den Samstag kurzerhand freinehmen müssen und schaute jetzt daheim nach seinem Sohn sowie dem Baby seiner Ex.

Yvonne war pünktlich im Präsidium erschienen.

»Komm, setz dich. Magst auch einen Kaffee?«, fragte Koch.

»Nein danke, ich bin so schon ganz aufgeregt. Glaubt ihr wirklich, dass ich euch helfen kann? Der Typ schaute ganz sympathisch aus.«

Waldinger musterte die Frau. Blondierte Haare, Minirock und anscheinend eine Handtasche voll Schminke dabei. Die konnte sie sich nicht von Koch geliehen haben. Diese kam grundsätzlich ungeschminkt zur Arbeit.

»Du kannst uns auf jeden Fall helfen«, erwiderte er. »Danke, dass du all diese Umstände auf dich genommen hast, aber wir sind ehrlich froh, diese Gegenüberstellung noch heute Vormittag machen zu können.«

»Die Kinder sind ja in guten Händen.« Langsam entspannte Yvonne sich. Und bei Koch kam Eifersucht auf. Waldinger spürte die unangenehme Spannung in der Luft und bat Yvonne mitzukommen.

»Drei junge Männer sitzen auf der anderen Seite. Schau sie dir genau an, und wenn wir Glück haben, ist der Autokäufer dabei.«

Gespannt beobachtete Waldinger Yvonnes Gesichtsausdruck, als er die Jalousie vor dem verspiegelten Fenster hochschob.

In ihren Augen sah er das Erkennen sofort.

»Der in der Mitte. Der war's. Vielleicht ein ähnlicher Bruder käme noch infrage, aber die anderen zwei waren es definitiv nicht«, flüsterte sie.

»Sie können uns nicht hören. Du bist dir sicher?«

Sie nickte. »Der in der Mitte.«

Waldinger ließ den Sichtschutz wieder hinunter.

»Ich danke dir vielmals für die Umstände, aber es war wirklich wichtig für uns.«

»Gern geschehen, dann kann ich jetzt gehen?«

»Natürlich, und nochmals danke.«

Waldinger kratzte sich nachdenklich im Nacken. Dann schickte er zwei der jungen Männer wieder nach Hause.

Als Nächstes machte er sich zu Fuß auf den Weg ins Krankenhaus. Er brauchte frische Luft. Tagelang hatten sie nichts zutage gebracht, und heute sollte sich diese Geschichte so schnell auflösen? Es schien fast zu logisch und einfach, aber alles schien zusammenzupassen. Koch und Meuse freuten sich schon auf ein entspanntes Wochenende, und Seidl telefonierte bereits mit den »VN«. Zum Glück war morgen Sonntag. Da erschienen keine neuen Vorarlberger Nachrichten. Er wusste nicht, warum er ins Krankenhaus ging. Es brauchte einfach Bewegung, wollte den Kopf freikriegen, und wo sollte er sonst hinlaufen? Einfach zum See spazieren kam während der Dienstzeit nicht infrage. Obwohl: Bei dem Matsch wäre er wahrscheinlich fast allein mit den Enten gewesen. Er mochte den Bodensee, auch wenn dieser Bregenz oft Nebel bescherte. Der Blick hinüber nach Lindau hatte etwas Beruhigendes. Aber jeder würde glauben, er drücke sich vor der Arbeit. Das Krankenhaus klang weniger nach Feierabend, deshalb führten ihn seine zügigen Schritte quer durch die Stadt.

»Grüß dich.«

Waldinger blieb im Türrahmen stehen. Herr Gasser schaute kurz auf, deckte Judith sorgfältig zu und kam zu ihm herüber.

»Schön, dass du vorbeischaust.«

»Können wir kurz sprechen?«

»Natürlich.«

Gemeinsam gingen sie den stillen Flur entlang. Erst im Lift sagte Waldinger: »Es sieht gut aus. Wir haben den Schuldigen sehr wahrscheinlich gefunden.«

»Wer war es?«

»Dazu möchte ich vorerst noch nichts sagen, viele Indizien deuten auf den jungen Mann, aber ich bin mir noch nicht ganz sicher.«

»Einer aus dem Dorf, ein Bizauer?«

»Einer, der in Bizau wohnt, ja.«

»Eigentlich ist es eh egal. Das macht uns Judith auch nicht wieder gesund.«

»Wie geht es deiner Frau?«

»Sie ist die Nächste, die ich einliefern kann. Wenn es so weitergeht, bin ich nächste Woche mit den Jungs alleine zu Hause.«

»Aber sie ist doch in psychologischer Betreuung, das seid ihr doch alle, oder?«

»Ja, aber, Reinhold, sie packt das nicht. Sie kann nicht mit einem Krüppel leben. Sie wird sich nicht ihr Leben lang um eine schwerstbehinderte Tochter kümmern können. Sie ist nicht stark genug, verstehst du? Sie war schon immer sehr instabil. Schon vor David. Das ist einfach zu viel für sie. Ich werde sie nach Rankweil schicken müssen, obwohl mir das nicht leichtfällt. Die Kinder und ich sind mit der jetzigen Situation überfordert. Ständig muss jemand bei ihr sein, auf die Tabletten achten und hoffen, dass sie nicht in einem unbeobachteten Moment aus dem Fenster springt. Wir sind alle am Ende.«

»Mein Gott, das klingt schlimm. Kann ich dir irgendwie helfen?«

»Unsere Familie gibt es nicht mehr. Vielleicht wäre es einfacher gewesen, wenn sie tatsächlich gestorben wäre.«

Ein gebrochener Mann überquerte mit langsamen Schritten den Parkplatz.

Als Waldinger ins Büro zurückkehrte, begrüßte Seidl ihn schon im Foyer mit einem fröhlichen Grinsen. »Ich weiß doch, dass i mi auf meine Leut verlassen kann. Großartig, Waldinger.«

Waldinger schaute auf seine Uhr. »Alles klar, ich muss …«, und eilte zur Treppe. Den verdutzten Seidl ließ er stehen.

Er fand Koch und Meuse in der Cafeteria. Beide wirkten zufrieden.

»Samstagmittag Feierabend und ein freier Sonntag. Was will man mehr?«, fragte Meuse.

»Ihr seid euch also sicher?«, fragte Waldinger und holte sich einen Nussgipfel von der Theke.

»Passt doch alles zusammen«, erinnerte Koch ihn. Und Meuse führte aus: »Hubert hat das Auto gekauft, er wurde eindeutig identifiziert, was willst du noch?«

»Wieso ist er einfach weitergefahren?«, fragte Waldinger.

»Na, das liegt doch auf der Hand. Wahrscheinlich hatte er auf dem Kathrinatag zu viel getrunken und befürchtete, seinen Führerschein und somit seinen Job los zu sein.«

»Ihr habt ja recht«, musste Waldinger zugeben. »Und seine Frau ist schwanger. Wahrscheinlich wollte er seine junge Familie nicht ins Unglück stürzen.«

»Kennst du seine Frau?«, hakte Koch nach.

»Na, die Krankenschwester von Judith. Das hab ich euch doch erzählt. Diese blasse Gerlinde.«

»Sag das noch mal«, forderte Meuse.

»Mensch, du siehst den Wald vor lauter Bäumen nicht! Nur weil die Leute Bizauer sind. Dann ist doch erst recht alles sonnenklar. Sie hat den Schalter umgelegt und wollte Judith ins Jenseits befördern.«

»Stopp, was sagst du da?«, fuhr Waldinger dazwischen.

»Ja«, fiel nun auch Koch ein, »sie hatte doch Abendschicht. Wahrscheinlich hatte sie Angst, wenn Judith zu sich käme, könnte sie sich an alles erinnern, und das wollte sie auf jeden Fall verhindern. Schau nicht so ungläubig, Reinhold, Frauen, die zum ersten

Mal schwanger sind, ticken anders.«

»Langsam!« Waldinger kaute an seinem Nussgipfel. »Ihr glaubt das wirklich?«

Meuse wurde ungeduldig. »Wir müssen sie aus dem Krankenhaus holen, bevor sie es nochmal versucht.«

»Ich komme gerade von dort. Sie war heute nicht auf der Station. Aber ihr habt recht. Ich fahre sofort hin und erkundige mich, wann sie heute Dienst hat.«

»Soll ich mitkommen?«, bot Koch an.

Waldinger zögerte.

»Macht Wochenende. Ich komme alleine mit ihr klar.«

Ihre Schicht begann um eins, wie Waldinger telefonisch erfahren hatte. Er ließ ihr noch Zeit, saß in seinem Büro und las quer durch die Akte. Er traute Gerlinde diese Reaktion nicht zu. Lag es tatsächlich an der Schwangerschaft? Aber man konnte doch nicht alles nur auf die Hormone schieben. Gab es noch andere Möglichkeiten? Er musste sich aufraffen und zum Krankenhaus fahren. Nur Gerlinde selbst konnte ihm Gewissheit geben.

Die Oberschwester traf er bereits an der Pforte und bat sie um ein Gespräch unter vier Augen. Sie schüttelte ungläubig den Kopf. »Gerlinde ist auf der Station. Aber Sie machen hier einen Fehler. Sie mag ein wenig eigen sein, aber niemals grausam oder verletzend.«

Waldinger wiederholte: »Ich will nur mit ihr sprechen. Selbstverständlich gilt die Unschuldsvermutung.«

Er traf Gerlinde im Schwesternzimmer an. Allein. Blass wie immer. Sie brach in Tränen aus, als Waldinger sie bat, ihn auf den Posten zu begleiten.

»Ich muss noch meine Schicht fertig machen. Sie brauchen mich hier.«

»Ich habe schon mit Oberschwester Reingard gesprochen. Du kannst sofort mit mir kommen. Zieh dich um, ich warte auf dem

Parkplatz.«

Die Tränen kullerten über ihre schmalen Wangen, als sie zu ihm ins Auto stieg.

»Beruhig dich. Wir reden im Büro. Für jedes Problem gibt's eine Lösung.«

Waldinger fuhr langsam durch die Straßen. Gerlinde schniefte hin und wieder. Er drückte ihr eine Packung Papiertaschentücher in die Hand und wünschte sich plötzlich, Koch doch noch nicht nach Hause geschickt zu haben.

Er machte einen starken Kaffee und telefonierte kurz mit Helga, um ihr zu sagen, dass er noch in Bregenz sei, aber für morgen einen freien Sonntag in Aussicht habe.

Nachdem er zwei Tassen vollgeschenkt hatte, drückte er eine davon Gerlinde in die Hand und sagte aufmunternd: »Jetzt erzähl einfach. Warum weinst du?«

Sie nahm einen kleinen Schluck, überkreuzte die Beine und sagte leise: »Immer geht alles schief. Nie haben wir Glück.«

»Wer hat kein Glück?«

»Hubert und ich.«

»Was meinst du damit?«

»Er hatte heute einen Termin bei euch. Er wollte mich nachher anrufen, aber ich habe nichts gehört, also habt ihr ihn dabehalten?«

»Ja, vorübergehend zumindest, bis ein paar Dinge geklärt sind.«

Sie zerknüllte ein Taschentuch in ihrer Faust.

»Er war es nicht, er hat Judith nicht zusammengefahren, da bin ich sicher, ich kenne ihn doch. Ihr habt den Falschen erwischt.«

»Wieso bist du dir so sicher?«

»Ich kenne ihn, er ist ein herzensguter Mensch. Früher ja, da hatte er Probleme, aber er hat sich in den Griff gekriegt, ich hatte so ein gutes Gefühl!«

»Was war früher?«

»Das wisst ihr doch sicher. Die Geschichte mit seinem Vater.

Streit, zu viel Alkohol, Unfall mit Verletzten. Fragt ihn selber, ich kenne die alten Geschichten nicht so genau, und sie interessieren mich auch nicht. Das ist vorbei.«

»Wo hast du ihn kennengelernt?«

»Im Krankenhaus, nach dem Streit damals. Ich habe ihn überredet, auf sich achtzugeben, das Leben nicht einfach wegzuwerfen. Er war dann zwei Jahre auf einem Biohof im Oberland. Das hat ihm geholfen, hat ihm gutgetan. Wir waren immer in Kontakt geblieben. Er hat sich verändert, glaub mir.«

»Das würde ich gerne, Gerlinde. Du warst im Urlaub, was hat Hubert erzählt vom Kathrinatag?«

»Er sei nur durch Zufall hingeraten. Er hatte erfahren, dass seine Familie nicht da war und wollte ein paar alte Freunde wiedersehen. Er war schon ewig nicht mehr in Au. Er hat keinen Kontakt mehr zu seinen Eltern.«

»Und wie ist er nach Hause gekommen?«

»Er trinkt nicht mehr. Er ist trocken. Ich nehme an, mit dem Auto, ich habe ihn nicht gefragt. Er fährt einen schwarzen Audi, sein Ein und Alles.«

Waldinger rieb sich die Nasenwurzel.

»Sei ehrlich, das hilft allen am meisten.«

»Ich bin ehrlich!«, rief Gerlinde verzweifelt.

»Ok. Hat Hubert je davon gesprochen, sich für den Winter ein anderes Auto zuzulegen?«

»Überlegt hat er vielleicht, aber ich fand es überflüssig. Wir haben nicht viel Geld. Jetzt sind andere Dinge wichtiger.«

»Zum Beispiel?«

Sie brachte ein schüchternes Lächeln zustande: »Zum Beispiel ein Kinderwagen.«

»Ich gratuliere, wann ist es so weit?«

»Im Juli.«

»Dann bring ich dich jetzt am besten nach Hause. Ruh dich aus, ich weiß nicht, was in nächster Zeit noch alles auf dich zukommt.«

Helga hatte einen Wurstsalat gemacht. Da Samstag war, schenkte er sich ein Bier dazu ein.

»Kathrin kommt heute nicht nach Hause. Sie ist übers Wochenende nach Innsbruck gefahren. Christkindlmarkt«, erzählte Helga während dem Essen.

»Mit wem?«

»Mit einer ganzen Clique. Ich weiß es nicht genau.«

»Ist Rudi auch dabei?«

»Rudi? Wieso fragst du? Ich weiß es wirklich nicht.«

Waldinger schwieg.

»Und was gibt es bei dir Neues?«, fragte Helga. »Musst du morgen auch ins Büro?«

Waldinger schüttelte den Kopf.

»Morgen nicht, es scheint so, als hätten wir den Schuldigen gefunden?«

»Was? Und das erzählst du so nebenbei? Wer? Wer ist es?« »Es ist noch nicht hundertprozentig sicher, aber Hubert, der Hänsler, hat wahrscheinlich etwas damit zu tun.«

»Wahrscheinlich? Der Hubert? Aber der fährt doch einen schwarzen Wagen.«

»Schon, aber einiges deutet auf ihn. Lass mich den Montag abwarten, dann weiß ich mehr. Und sag es noch niemandem. Ich will keine falschen Gerüchte in Umlauf bringen. Die zwei haben es schwer genug.«

»Natürlich sag ich nichts, aber ich habe nie geglaubt, dass es ein richtiger Bizauer gewesen sein könnte. Dann klappt es ja mit dem Nikolaus. Dann kannst du ja morgen zur Probe.«

Waldinger murmelte etwas Unverständliches. Der Wurstsalat schmeckte ihm heute nicht, und das Bierglas war noch halb voll, als er sich schweigend auf das Kanapee verzog.

Sonntag

Der »Schwanen« war wieder geöffnet. Nach dem Gottesdienst zogen die Männer in Richtung Bauernstube zum sonntäglichen Frühschoppen.

Feurstein klopfte Waldinger kräftig auf die Schultern. »Gut gemacht, wir sind stolz auf dich.«

Waldinger nickte und versuchte, an einem der vollen Tische noch einen letzten Platz zu ergattern, damit Feurstein keine Chance bekam, sich neben ihn zu setzen.

Doch der Platz neben dem Tourismuschef war auch nicht viel besser.

»Wir haben doch gleich gesagt, dass kann nur ein Auswärtiger gewesen sein.«

Waldinger wünschte sich, er wäre mit Helga nach Hause gelaufen. Wieso wussten die überhaupt alle darüber Bescheid, dass Hubert in Untersuchungshaft saß? Er hatte kein Wort darüber verlauten lassen.

»Jawoll, auf die Polizei ist halt immer noch Verlass.« Der Metzger nickte zufrieden. »Da trinken wir doch a Runde drauf.«

»Die Sulzberger haben mit ihrem Mostkäse schon wieder Gold geholt«, versuchte Waldinger, das Thema zu wechseln, doch nicht einmal der Obmann des Bauernbundes ging darauf ein.

»Wie lange wird er sitzen?«, fragte die Kellnerin neugierig.

»Noch gilt die Unschuldsvermutung«, gab Waldinger zur Antwort, und ein junger Feuerwehrmann meinte: »Ich kann mir nicht vorstellen, dass das der Hubert gewesen ist. Habt ihr wirklich Beweise gegen ihn?«

»Es sieht nicht ganz gut aus für ihn, aber der Fall ist natürlich

noch nicht abgeschlossen«, erklärte Waldinger, »und deshalb habe ich auch heute kaum Zeit, tut mir leid.«
Er stand auf und bezahlte sein kleines Bier an der Theke.

Helga blickte ihn verwundert an.
»Der Braten ist noch nicht fertig.«
»Wo ist die Sonntagszeitung?«
»Das ›Wann und Wo‹ liegt auf meinem Lesestuhl.«
»Kommt Michaela zum Mittagessen oder Martin mit Annika?«
»Nein, Michaela ist heute auf irgendeinem Nikolausmarkt, und Martin fährt mit Lorenz mit dem Wälderbähnle. Nikolausfahrt.«
»Dann schalt doch den Ofen aus. Essen wir den Braten morgen und gehen heute in den ›Adler‹ nach Schnepfau zum Essen.«
»In den ›Adler‹? Wie kommst du denn auf diese Idee? Du sagst doch immer, du isst am Sonntag am liebsten zu Hause. Aber ich zieh mich nur schnell um, dann können wir los.«
Helga schaltete die Backröhre aus.
»Und du? Zieh doch auch noch ein frisches gebügeltes Hemd an.«
»Nimm's nicht zu nobel. Wir legen die Stiefel in den Kofferraum, dann können wir anschließend einen Verdauungsspaziergang durch den Schnee machen. Der Josef hat mir in der Kirche erzählt, dass der Hubert immer nach den Schotten von Heinz geschaut hat. Und da der ja in Bregenz ist, würd ich gern in Rüschers Gunten vorbeischauen.«
Es dauerte, bis Helga alles beisammen hatte. Doch dann waren sie so weit und fuhren nach Schnepfau. Der ›Adler‹ war Waldingers Lieblingsgasthaus. Alt, klein, gemütlich und vor allem ein hervorragender Koch in der Küche.
Hirschragout mit hausgemachten Spätzle, Preiselbeergelee und grüner Salat. Es schmeckte ausgezeichnet.
»Magst du noch ein Achtele?«
Helga schüttelte den Kopf.
»Ich spür's schon, ich nehme lieber ein Wasser.«

»Für mich auch, bitte«, sagte er der Bedienung und flüsterte Helga zu: »Die werden in nächster Zeit viel Betrieb haben, jetzt, wo das Berghaus geschlossen hat.«

»Aber die werden doch wieder öffnen?«

»Ich glaube nicht. Die Chefin ist völlig fertig. Albert bringt sie morgen nach Rankweil, er hat Angst, dass sie sich umbringt.«

»So schlimm?«

»Ja, du würdest sie beide nicht wiedererkennen.«

Die Bedienung brachte die Getränke an den Tisch.

»Danke.« Helga schenkte nachdenklich Wasser nach.

»Wird Judith wirklich nie mehr gesund?«

»Nein, das ist fast ausgeschlossen. Nach Ansicht der Ärzte wird sie immer ein Pflegefall bleiben.«

Der Weg in Richtung Schönenbach war feucht und rutschig. In schattigen Kurven lagen noch Reste von schmutzigem Schnee.

Waldinger fuhr vorsichtig. Kurz vor dem Franzosenbrunnen bremste er scharf. Ein Wagen kam zügig um die Kurve geschlittert und krachte beinahe in Waldingers Fahrzeug.

»Ja, zefix. Geht's dem noch?«

Waldinger wollte ihm bereits den Vogel zeigen, da erkannte er Michl.

Helga schüttelte empört den Kopf. »Was ist denn mit dem los? Da haben wir aber Glück gehabt.«

»Irgendwie fährt der in letzter Zeit planlos durch die Gegend.«

Waldinger fuhr rückwärts, bis die Straße breiter wurde, und ließ sein Fenster aufgleiten.

»Wohin so eilig?«, fragte er, als Michl auf gleicher Höhe war.

»Tut mir leid, ich habe nicht mit Gegenverkehr gerechnet. Ich muss heim. Mama hat doch heute Geburtstag.«

»Stimmt«, sagte Helga versöhnlich. »Richte Ruth einen lieben Gruß aus, vielleicht kommen wir nachher noch auf einen Sprung vorbei.«

»Mach ich.«

Waldinger parkte seinen Wagen auf dem Kiesplatz beim Weiderost.

Die Sonne schien, und sie hatten beide Lust darauf, den weiteren Weg zu Fuß zu laufen. Der Weg hinauf nach Rüschers Gunten war steil und matschig, aber mit den Stiefeln machte es ihnen nichts aus. Verwundert schaute Waldinger auf die frischen Reifenspuren in den Schneeresten.

»Sieht aus, als wäre hier heute schon jemand gefahren. Komisch«, murmelte er.

Sie wanderten schweigend. Helgas Kondition war nicht mehr so gut wie früher. Sie sollten wieder öfter gemeinsam in die Berge gehen. Das täte beiden gut.

Die robusten Hochlandrinder lagen träge auf der verschneiten Wiese. Nur eine davon folgte ihnen mit ihrem Blick, die anderen schienen keine Notiz von ihnen zu nehmen.

Waldinger ging zuerst zum Brunnen. Der war sauber und gut gefüllt. Die Heuraufe war noch fast voll. Er ging zum Schuppen, um eine Schüssel mit altem Brot zu füllen. Als die Rinder ihn mit der Schüssel in der Hand am Zaun stehen sahen, wurden sie munter und kamen ruhig angelaufen. Er warf ihnen ein paar Scheiben zu, und sie verschlangen sie mit Genuss.

Helga ging währenddessen noch ein Stück weiter. Schade, dass sie sich so wenig für Vieh interessierte. Waldinger träumte noch immer davon, wenigstens in Pension ein paar Tiere anzuschaffen.

»Komm mal her!«, rief sie plötzlich, als sie vor dem ehemaligen Stall stand. »Schau dir das an.«

Der Stall wurde schon lange nicht mehr benützt. Heinz' Rinder blieben das ganze Jahr hindurch im Freien. Sie hatten lediglich einen selbst gezimmerten Unterschlupf am anderen Ende der Koppel.

Waldinger ging zu ihr hinüber.

»Was ist denn?«

»Schau selbst!«

Das Handy hatte hier oben keinen Empfang. In der ganzen Gegend hier war es kaum möglich zu telefonieren.

»Lass uns zum Auto zurückgehen. Spätestens in der Löffelau habe ich wieder Empfang. Zumindest war es so, als wir letzthin im ›Holzerstüble‹ waren.«

»Es eilt ja nicht, oder?«, fragte Helga. »Hubert ist eh in U-Haft. Er kann die Spuren nicht beseitigen.«

»Ob es Sinn macht, die Spurensicherung heute noch da hinauf zu schicken? Bis die von Bregenz da sind, ist es sechs, wenn sie schnell sind, und dann ist es da oben einfach nur dunkel. Wahrscheinlich kann das Ganze bis morgen warten. Das macht heute wirklich keinen Sinn mehr, trotzdem werde ich ihnen Bescheid geben.«

Zügig wanderten sie die vielen Kehren talwärts. Sie sprachen nicht viel. In Waldingers Kopf rotierten die Gedanken. Er hatte Hubert völlig falsch eingeschätzt.

Als sie beim Auto angelangt waren, drückte Waldinger Helga sein Handy in die Hand und sagte:

»Gib mir Bescheid, wenn du zwei Strichle siehst.«

In der Löffelau hielt er an und gab Willi Bescheid. Der wollte auf keinen Fall bis morgen warten und versprach, spätestens um 18.00 Uhr bei der Kirche in Bizau zu sein. Er wollte Düringer mitbringen, und Waldinger sollte ihnen den Weg zu der Hütte zeigen.

»Dann muss ich die Nikolausprobe heute Abend leider ausfallen lassen. Müssen sie eben doch den Walter nehmen. Gibst du bitte der Hermine Bescheid?«

»Schade, aber die Arbeit geht vor, das hast du ja von Anfang an gesagt. Vielleicht passt es nächstes Jahr besser. Ich würde dich zu gern als Nikolaus durchs Dorf ziehen sehen.«

»Irgendwann vielleicht, wenn ich in Rente bin.«

Waldinger nickte. Heute schien es ihm gar nicht mehr so abwegig.

»Dann können wir ja noch einen Sprung bei Ruth vorbeischauen. Ihr zum Geburtstag gratulieren, das würde sie freuen.« Helga schien zufrieden.

»Ich lass dich dort aussteigen und fahr noch zu Heinz. Der muss ja schließlich auch Bescheid wissen, was Hubert in seiner Hütte getrieben hat.«

»Das reicht auch morgen noch. Aufregung tut ihm eh nicht gut. Komm, geh mit zu Ruth!«

Waldinger fuhr weiter und schüttelte den Kopf.

»Bitte!«

»Na gut, ganz kurz.«

Michl saß an der Längsseite der schön gedeckten Kaffeetafel, Freunde und Nachbarn beanspruchten die Holzbank und die restlichen vier Stühle. Ruth war damit beschäftigt, alle mit Kuchen, Kaffee und Wein zu bedienen, freute sich aber über den neuen unangemeldeten Besuch.

»Helga, Reinhold, das freut mich aber. Noldi, dass du dir auch die Zeit genommen hast, kommt rein, ich hol euch zwei Stühle aus der Küche, setzt euch so lange aufs Kanapee.«

»Ich mach Platz, Mutter«, sagte Michl und verschwand mit vollem Mund nach draußen. Der Teller war noch voll mit Schokoladekuchen.

Ruth stellte einen schmalen Stuhl daneben, und Waldingers nahmen Platz.

»Was wollt ihr? Apfelstrudel, Schokoladekuchen oder Käsesahne?«

»Mach dir keine Umstände«, sagte Helga. »Wir trinken nur einen Kaffee.«

»Schokolade?«, fragte Ruth und zwinkerte Waldinger zu. Der nickte. »Aber nur ein kleines Stück.«

Noch bevor er sein Stück Kuchen vor sich hatte, bereute er es, mitgekommen zu sein.

»Erzähl, du hast den Fahrerflüchtigen gefasst, stimmt's?«, fragte Resi vom Unterdorf.

»Ein sauberer Kerl das, was hat der eigentlich geglaubt, dass ihr ihm nicht auf die Schliche kommt, oder was?« Ihr Mann tat entrüstet.

»Mir kommt das alles spanisch vor«, sagte Ruth, die mit einem vollen Tablett in der Hand an den Tisch kam.

»Ich glaub, du kennst ihn besser als wir alle, oder?«, fragte Helga mitfühlend.

Ruth nickte. »Er war doch immer mit unserem Michl zusammen. Der hat ihn mit zur Feuerwehr genommen und ihm den Job bei Berger besorgt.«

»Was für einen Eindruck machte er auf dich?«, hakte Waldinger nach.

»Ich fand ihn in Ordnung. Anfangs war ich skeptisch, man hört ja immer so allerhand, und mit seinem großen Tattoo am Rücken und so, aber er war ehrlich und nett. Ich mag ihn. Ich kann mir das nicht vorstellen.«

Der Postbusfahrer aus der Nachbarschaft grinste Waldinger an, griff sich an die Brust und meinte: »Unsere Frauen. Immer wollen sie nur den Gefühlen glauben. Für den Verstand sind wir zuständig.«

Waldinger nickte unkonzentriert. »Danke für den Kaffee und den Kuchen, aber ich muss los. Ich habe heute noch zu tun. Feiert schön weiter.«

»Der Spürhund schläft nie«, feixte der Chauffeur. »Helga, bleib du doch noch ein bisschen. Ruth hat noch allerlei Brötchen in der Küche. Ist sicher eins mit Dinkel mit dabei.«

Doch Helga schüttelte den Kopf. »Ein anderes Mal gerne, ich geh heute mit Reinhold mit.«

Auf der Treppe vor dem Haus sagte Helga: »Danke dir, Ruth, ich komme nächste Woche mal länger vorbei. Ich möchte doch wissen, wie es Luis geht, aber vor allen Leuten wollte ich nicht fragen.«

»Er macht kaum Fortschritte, aber wahrscheinlich darf er über Weihnachten nach Hause.«

Ruth war den Tränen nahe. Ihre Stimme zitterte, als sie sagte: »Wenn ich Michl nicht hätte ...«

»Wieso hast du es auf einmal so eilig?«, wunderte Helga sich im Auto.

»Michl. Er ist Huberts bester Freund, wenn der von der Sache weiß, will er vielleicht was unternehmen. Er ist so schnell verschwunden, kam dir das nicht komisch vor?«

»Aber der denkt bestimmt, wir waren in Schönenbach. In Rüschers Gunten kommt nicht mal im Sommer jede Woche ein Wanderer vorbei.«

»Ich habe ein ungutes Gefühl.«

»Noldi, er ist der Sohn des Bürgermeisters.«

»Was sagt das? Du mochtest ihn doch noch nie. Du wolltest ihn schon als Kind nicht mit unseren spielen lassen.«

Zu Hause zog Waldinger sich um, suchte Stirn- und Taschenlampe und schaute ungeduldig auf die Uhr.

»Ob ich ohne Willi schon losfahren soll? Der kommt erst in einer halben Stunde.«

»Du siehst Gespenster. Und was soll Michl in einer halben Stunde schon ausrichten? Nein. So lange wirst du noch warten können. Die finden ohne dich ja sowieso nicht den Weg da hinauf.«

Es war kalt und dunkel, als Waldinger mit Willi und Düringer die alte Scheune in Rüschers Gunten erreichte. Ein Wagen stand vor dem Gebäude.

Leise stiegen sie aus. Aus dem Stall hörten sie gedämpftes Poltern.

Sie schlichen sich vorsichtig näher und gingen hinter dem Wagen in Deckung. Sie brauchten nicht lange zu warten. Die Rinder hinter ihnen wurden unruhig, sie standen auf, traten näher zum Zaun, und eine Kuh mit besonders gewaltigen Hörnern muhte zu ihnen herüber.

Die Stalltür ging auf, und heraus kam eine dunkle Gestalt mit einer schweren Sporttasche in der Hand.

»Michl, bleib stehen!«, rief Waldinger.

Der Kerl erschrak, ließ die Tasche fallen und rannte, so schnell er konnte, in die Dunkelheit.

Willi spurtete hinterher, und Waldinger rief: »Das bringt doch nichts. Bleibt stehen!«

Waldinger und Düringer hörten die zwei keuchend in Richtung Wald rennen. Dann war es plötzlich still, unheimlich still.

Waldinger holte seine Taschenlampe aus dem Wagen und flüsterte: »Bleib hier, vielleicht versucht er, das Auto zu erreichen.«

Ohne Licht zu machen, ging er in die Richtung, aus der er die zwei zuletzt gehört hatte.

Am Waldrand blieb er stehen und lauschte angestrengt.

»Psst!«, hörte er. Willi stand nur wenige Meter rechts von ihm hinter einer Tanne.

»Wo ist er?«, flüsterte Waldinger beinahe tonlos.

Schulterzucken.

Nachdem sie mehrere Minuten lautlos verharrt hatten, nahm Waldinger seine Taschenlampe und leuchtete in den Wald: Baumstämme, Wurzeln und gespenstische Schatten.

»Den erwischen wir auch ohne Verfolgung. Ich kenne ihn. Es bringt nichts, hier durch den Wald zu rennen und sich noch ein Bein zu brechen. Wir gehen besser zurück zum Stall«, sagte Waldinger.

Willi und Düringer holten ihr Werkzeug sowie drei starke Scheinwerfer aus dem Auto und machten sich an die Arbeit.

Waldinger fuhr nachdenklich nach Hause. Doch bevor er sich zu Helga aufs Kanapee setzen konnte, musste er wohl oder übel noch bei Ruth vorbei. Sie musste ihm Bescheid geben, wenn Michl nach Hause kam, denn der würde kommen, wo sollte er auch sonst hin in dieser kalten Nacht?

Ruth war überrascht, als sie die Haustür öffnete.

»Nolde? Es ist schon spät.«

»Ich weiß. Lass mich reinkommen, ich muss mit dir reden.«

»Warum, weswegen?«

»Wir besprechen das drinnen. Hast du einen Schnaps im Haus?«

Sie zögerte noch immer.

»Ist etwas passiert? Ist etwas mit Michl?«

Waldinger fasste sie sanft an den Schultern und führte sie in den Flur. Nachdrücklich schloss er die Haustür.

»Was sagen die Nachbarn, dein Auto in der Nacht vor meinem Haus? Und Luis und Michl nicht da. Du weißt doch, wie sie tratschen.«

»Glaub mir, Ruth, das ist deine geringste Sorge.«

Sie setzte sich verwirrt auf die Bank im Esszimmer.

In der Küche plätscherte die Spülmaschine. Er suchte selbst zwei Schnapsgläser aus dem Küchenschrank und fand eine angefangene Flasche Obstler. Besser als gar kein Schnaps.

Waldinger brachte die Flasche und die Gläser an den Tisch und schenkte ein.

»Ich trink keinen Schnaps«, sagte Ruth.

»Ich auch nicht.« Waldinger leerte sein Glas in einem Zug, und sie tat es ihm gleich.

»Ich bin bei der Polizei, aber ich bin auch ein Freund von dir. Vergiss den Polizisten und erzähl es mir. Mir, deinem alten Freund aus Kindertagen. Mach es dir nicht noch schwerer. Es nützt nichts.«

Ruth weinte leise.

»Schau mich an. Ich bin es. Ruth, erzähl mir alles, was du weißt. Wir werden die Sache irgendwie richten. Vertrau mir.«

Da hob sie den Kopf, und in ihre Trauer mischte sich Wut. Sie schaute ihn an und fragte:

»Ich soll dir vertrauen, ausgerechnet dir? Ohne dich wäre mein ganzes Leben besser gelaufen. Wie viele Tränen hätte ich mir sparen können, wenn ich dir nie begegnet wäre.«

»Aber. Welche Tränen?«

»Ach, du bist auch nur ein Mann. Hast keine Ahnung, was du in mir alles zerstört hast. Damals schon. Wir waren siebzehn. Erinnerst du dich? Der Ausflug mit dem Musikverein nach Kaprun.«

Sie sah ihn trotzig an.

»Wir waren siebzehn, wir hatten zu viele Spritzer getrunken, aber es war doch auch schön. Ich fand es schön. Es ist so lange her, wieso denkst du heute noch daran?«

»Ich habe dich geliebt. Aber zu Hause hattest du wieder nur Augen für Helga. Tatest so, als ob nie was gewesen wäre, und ich dumme Kuh war so blöd und ließ es heimlich wegmachen.«

Waldinger blieb der Mund offen stehen.

»Was redest du da?«

»Du hast mich schon verstanden. Noch heute plagen mich Schuldgefühle. Immer wieder diese Albträume. Wir wurden beide streng katholisch erzogen. Ich habe dir ein Leben voller Gewissensbisse erspart, und was ist der Dank dafür?«

Waldinger schenkte sich noch einen Schnaps ein.

»Wieso hast du nichts gesagt?«, flüsterte er.

»Weil ich dich geliebt habe und dir ein sorgenfreies Leben mit deiner Helga gewünscht hatte. Irgendwann hatte ich mich mit der Situation abgefunden, Luis' Drängen nachgegeben, und sogar Helga ist mir eine Freundin geworden. Aber die Träume sind geblieben. Ich träume von einem Mädchen. Sie heißt Rosa und lächelt aus dem Stubenwagen, und dann ist er leer. Ich suche und suche und finde sie nicht mehr.«

Waldinger legte seine Hand auf ihre.

Sie entzog sie ihm und fuhr fort:

»Viele Jahre war alles gut, so wie es eben war. Bis zu dem Vereineturnier, da hast du mich zum Gespött der Leute gemacht. Hast es ausgenützt, dass ich mit meiner Mannschaft gewonnen habe und zu viel Sekt erwischt hatte. Und das an der Bar. Ich weiß nicht, wer uns alles zugeschaut hat, aber ich merke noch heute die abfälligen Blicke, sobald ich jemandem den Rücken zudrehe. Verheiratete Männer können tun und lassen, was sie wollen, immer sind die Frauen die Schlampen.«

Ihre Hand zitterte, als sie sich selbst einen Schnaps einschenkte.

»Luis wurde das Theater auch zu viel. Er hat doch gemerkt, dass man ihn als Bürgermeister nicht mehr ernst nahm. Auch wenn er nicht weiß, warum. Das war sicher der Auslöser für seine Einlieferung. Und jetzt willst du mir auch noch Michl wegnehmen, den Einzigen, der mir geblieben ist. Erst mein Mädchen, dann meine Ehre und damit meinen Mann und jetzt auch noch meinen Sohn. Doch das werde ich nicht zulassen.«

Rote Flecken leuchteten auf ihren Wangen, die Nase rann, aber sie schien es nicht zu merken.

»Es tut mir so leid, Ruth. Aber du verstehst mich falsch. Ich will dir Michl nicht wegnehmen. Ich will dir helfen.«

»Raus. Raus aus meinem Haus. Ich will dich nicht mehr sehen.«

Sie stand auf und öffnete die Tür.

»Und nimm dein verdammtes Auto von meinem Parkplatz!«, schrie sie.

Waldinger ging.

Sie schloss die Haustür mit Gewalt.

Es war schon fast Mitternacht, trotzdem rief er Agnes an: »Bitte kümmere dich um sie.«

Sein Haus lag dunkel in der Sonnenstraße. Auch in der Nachbarschaft schienen alle zu schlafen. Einzig bei Dokus schimmerte noch ein blauer Lichtschein aus dem Wohnzimmerfenster. Wahrscheinlich war er vor dem Fernseher eingeschlafen. Das passierte ihm öfter.

Leise ging Waldinger in die Küche und setzte sich im Dunkeln an den Tisch. Einen weiteren Schnaps verkniff er sich. Morgen würde er es bitter bereuen. Eine warme Milch mit Honig schien ihm besser geeignet, sich zu beruhigen und eventuell einige Stunden Schlaf zu ermöglichen.

War er wirklich so blind durch sein Leben gestolpert? Er hatte keine Ahnung gehabt, wie sehr er Ruths Leben durcheinandergebracht hatte.

»Rosa.«

Er trank die Milch in kleinen Schlucken.

Er hätte selber weinen mögen.

Montag

»Wie siehst du denn aus?«, fragte Helga.

»Mir ist nicht gut, ich glaube, ich werde krank«, jammerte Waldinger. Er hatte sich stundenlang im Bett herumgewälzt. Erst in den Morgenstunden war er in einen Schlaf voller verwirrender Träume gefallen. Sein Kopf brummte.

»Ich brauch ein Aspirin«, sagte er. »Nein, besser zwei, und die restlichen nehme ich mit. Ich muss ins Büro.«

»Ohne Frühstück? Warst du gestern noch so lange in Rüschers Gunten, hast du dich da verkühlt?«

Er hob nur seine Schultern und füllte sich das Wasserglas voll.

»Willst du nicht zum Arzt? Der verschreibt dir sicher was Besseres als Aspirin.«

Er schüttelte vorsichtig den Kopf.

»Ich muss los.«

Auch Hubert wirkte, als hätte er schon seit Tagen kein Auge mehr zugemacht.

»Es ist vorbei«, sagte Waldinger.

Hubert saß stumm auf einem der Holzstühle im Vernehmungsraum. Er kaute auf dem Nagel des kleinen Fingers herum und wirkte trotz seiner stattlichen Größe auf Waldinger wie ein Kind.

»Hast du was zum Frühstücken bekommen?«

Hubert reagierte nicht.

»Du kannst die Geschichte ruhig erzählen. Wir waren gestern in Rüschers Gunten.«

Hubert hob erstaunt den Kopf, wandte den Blick aber schnell an die Wand.

»Also, raus mit der Sprache.«
»Ich war's nicht.«
»Ich weiß.«
Jetzt endlich blickte er ihm ungläubig in die Augen.
»Ich kann nichts dafür.«
»Sag mir die Wahrheit!«
»Ich kann nicht, aber ihr müsst mir alle glauben, ich habe den Wagen nicht gefahren.«
»Aber du hast immer gewusst, wer es war.«
»Ein Freund«, flüsterte er leise. »Mein Einziger. Ihm verdanke ich alles. Ich konnte ihn nicht verraten.«
»Michl wird dafür geradestehen müssen. So oder so. Du machst uns allen die ganze Sache einfacher, wenn du jetzt endlich auspackst.«
Er kaute wieder auf seinem Nagel.
»Also«, sagte Waldinger, »fang am besten vorne an. Ich habe Zeit.«
Er schenkte sich ein Glas Wasser voll und lehnte sich auf dem unbequemen Stuhl einigermaßen gemütlich zurück.
»Wo ist Michl?«, fragte Hubert. »Ist er hier?«
»Du kannst ihn jetzt nicht sehen, vielleicht später.«
»Ist er hier?«
»Er hat versucht, alle seine Fingerabdrücke in der Hütte abzuwischen, wollte die ganze Sache wohl endgültig dir in die Schuhe schieben.«
»Das ist nicht wahr.«
»Ist so. Also: Du warst am Freitag im Lechtal und hast einen silbernen Subaru Justy gekauft.«
»Um mit dem im Winter die schlechte Straße nach Rüschers Gunten zu fahren. Ich habe Heinz versprochen, seine Kühe zu füttern, er hat ein gebrochenes Bein. Der Justy war günstig, ich wollte ihn selber noch ein bisschen herrichten.«
»Und dazu brauchtest du Werkzeug aus der Werkstatt deines Vaters?«

»Was, nein, wieso?«

Er wirkte ehrlich verwirrt.

»Du warst auf dem Kathrinamarkt und hast Michl getroffen?«

Hubert schloss kurz seine Augen und erinnerte sich.

»Ich habe ein paar Rum Cola getrunken, wollte nicht mehr fahren.

Ich habe die letzten vier Jahre keinen einzigen Schluck getrunken, auch wegen Gerlinde. Nichts, deshalb haben mich die paar Getränke fast umgehauen, aber ich habe so viele alte Bekannte getroffen, ich konnte nicht ständig Nein sagen. Dachte, ich penn im Auto, Gerlinde war eh nicht zu Hause. Michl wollte heim und sagte: Gib mir den Schlüssel. Er ist gefahren.«

»Und auf der Schnepfeggerstraße?«

»Sie war ganz schwarz gekleidet, es war so dunkel. Wir haben sie beide nicht gesehen. Bumms. Alles vorbei. Michl sagte: ›Die lebt nicht mehr‹, und wir stiegen ein, und er gab Vollgas.«

»Schock?«

Nicken.

»Aber am nächsten Tag. Wieso hast du nichts gesagt?«

»Er ist mein einziger Freund. Ohne ihn wär ich nicht bei der Feuerwehr, kein Job, keine Wohnung, kein gar nichts.«

»Und dann?«

»Wir haben das Auto vor meiner Wohnung abgestellt. Michl ging zu Fuß heim. Ich fuhr nach Rüschers Gunten und versteckte den Wagen. Nach Hause bin ich gelaufen. Ich war fix und fertig.«

»Wer hat den Wagen zerlegt?«

»Michl. Er konnte freinehmen. Ich habe ab und zu mit dem Berger-Wagen einige Teile mitgenommen und entsorgt. Die Lieferwagen fallen am wenigsten auf, dachten wir.«

»Kennt Gerlinde diese Geschichte?«

Er nickte zögerlich.

»Was sagt sie dazu?«

»Sie wollte mich verlassen, wenn ich nicht die Wahrheit sage, aber sie ist schwanger, wir hatten Streit.«

»Hättest du deiner Familie zuliebe deinen Freund verraten?«
Er nickte langsam. »Verdammt scheiße Situation. Ich bin froh, dass alles raus ist.«

Im Büro fragte Koch: »Und was ist mit dem Werkzeug?«
»Keine Ahnung, ich glaube, davon wusste er wirklich nichts.«
»Glaubst du, das hat Michl geklaut?«
»Möglich, er wollte den Verdacht mit allen Mitteln auf Hubert lenken.«
»Und Hubert wollte ihn decken? Komische Freundschaft, scheint eher einseitig zu sein, oder?«
Waldinger zuckte mit den Schultern.
»Michl war in einer Zwickmühle. Entweder musste er seinen Freund verraten, oder seine Familie würde endgültig zerbrechen. Er hatte sich wohl für seine Familie entschieden.«
»Kennst du seine Familie?«, wollte Meuse wissen.
»Sein Vater war immer enttäuscht von ihm. Er war nicht gut in der Schule, wollte kein Instrument lernen, obwohl beide Eltern bei der Musikkapelle spielten, hatte beim Fußball genauso zwei linke Beine wie auf der Schipiste. Er hat sich immer angestrengt, aber seinem Vater war er nie gut genug. Nach dem Abbruch der Lehre sprachen sie wochenlang nicht miteinander. Und seine Mutter hatte ihn immer in Schutz genommen und verhätschelt. Er wusste, es würde ihr das Herz brechen, wenn er als Schuldiger gefunden würde. Und sein Vater liegt in der Nervenheilanstalt und ist nicht belastbar. Eine weitere Aufregung könnte ihn in den Rollstuhl bringen, so sagt man zumindest im Dorf.«
»Du nimmst ihn in Schutz!«, stellte Meuse fest.
»Nein, er ist schuldig.«
»Und diese Krankenschwester? Wie passt die jetzt ins Bild?«, hakte Koch nach.
»Ich glaube ihr, ich trau ihr nicht zu, dass sie den Schalter umgelegt hat«, sagte Waldinger.
»Wer dann?« seufzte Koch.

»Der Fall scheint doch noch nicht abgeschlossen«, musste Meuse zugeben.

Die Männer der Bergrettung suchten mit Hunden nach ihm. Waldinger wollte vor Ort dabei sein. Er hielt es im Büro nicht lange aus. Er setzte sich in seinen Wagen und fuhr in Richtung Bizau. Wo könnte Michl sich versteckt haben? Laut Bergrettungskommandant war er sicher nicht zu Hause. Ruth mache sich furchtbare Sorgen um ihn und würde Waldinger die Schuld an seinem Verschwinden geben. Er lasse sich dort besser nicht blicken, hatte er ihm nahegelegt.

Er traf die Bergrettungsmänner beim Mauthäuschen. Sie hatten das ganze Tal durchgekämmt. Keine Spur von Michl. Die Hunde hatten in Richtung Ostergunten angeschlagen, aber dort die Spur verloren. Mittlerweile durchsuchten die Kollegen aus Au das Gebiet zwischen Ostergunten und ihrem Dorf. Weiter konnte er zu Fuß in einer dunklen kalten Nacht nicht gekommen sein. Möglicherweise war er umgekehrt, aber auch die Gegend um Schönenbach hatte bei der Suche keinen Erfolg gebracht.

Die Frau des Bergrettungsobmanns hatte ihnen Verpflegung zum Mauthäuschen gebracht. Die Männer wollten die kurze Pause zu einer Lagebesprechung nützen und überlegen, wo sie weitersuchen würden.

Waldinger fuhr zum Berghaus. So viel war in den letzten Tagen passiert. Er wollte mit Judiths Vater in Ruhe reden. Wie so oft öffnete Dominik die Tür.

»Vater ist mit David beim Doktor, aber Hannes kommt gleich aus der Schule. Ich bin alleine«, sagte er. »Aber ich bin ja schon groß.«

»Ich wollte zur Valentinskapelle rauslaufen. Kommst du mit?«, fragte Waldinger. »Aber leg deinem Bruder einen Zettel auf den Tisch, damit er weiß, wo du bist.«

Schweigsam liefen sie nebeneinander her. Der Weg führte an einem Schafzaun vorbei. Fünf Tiere standen dicht gedrängt unter einer niedrigen Eiche.

»Hall, hall, hall«, lockte Waldinger die Tiere, und tatsächlich kamen sie zu ihnen an den Zaun und ließen sich gerne streicheln.

»Wie geht es deiner Mutter?«, fragte Waldinger, ohne den Blick von den Schafen zu wenden.

»Wir haben sie gestern in die Station gebracht. Sie bleibt da eine Weile.«

»In die Station?«

»So heißt es, glaube ich. Und nachher sind wir in einen Wildpark gegangen. Der war gar nicht so weit weg davon.«

»Den Wildpark in Feldkirch?«

»Das war cool, und dann sind wir auf der Autobahn gefahren. Wir haben ganz viele Autos überholt und noch Judith besucht.«

»Ok.«

Sie gingen gemeinsam weiter. Es war nicht mehr weit zu der abgelegenen Kapelle. Leider war sie verschlossen. Dominik setzte sich auf das Drehkreuz, durch welches die Wanderer auf die Viehweide laufen konnten. Waldinger schubste ihn an und freute sich am Lachen des Jungen. Es dauerte nicht lange, bis er wieder abstieg und ernst fragte: »Wer hat den Schalter umgelegt?«

»Ich weiß es nicht, Dominik. Wahrscheinlich hat eine der Krankenschwestern einen schweren Fehler gemacht. So stelle ich mir das vor.«

»Judith hat viel Pech.«

»Ja, das hat sie. Aber wir wissen jetzt, wer den Unfall verursacht hat. Darum wollte ich auch mit deinem Vater sprechen. Lass uns zurückgehen, und wenn er nach Hause kommt, richte ihm aus, er soll mich bitte anrufen.«

Der Anruf bei der Bergrettung ergab, dass die Hunde erneut eine Fährte gefunden hatten. Die Suche konzentrierte sich jetzt auf die Umgebung von Sifratzhütten. Der Obmann war optimistisch, dass sie ihn demnächst finden würden.

»Besteht Fluchtgefahr?«, fragte er vorschriftsmäßig.

»Werner, wir sind in Bizau und suchen Michl, ich werde dir nicht gleich die Kobra schicken müssen. Er ist vermutlich hungrig und unterkühlt. Sei nett zu ihm«, instruierte Waldinger ihn. »Ich komme auch dazu.«

Als er über den Weiderost nach Sifratzhütten holperte, sah er schon, dass die Suche beendet war. Gemeinsam kamen die Männer die Straße heruntergelaufen. Michl in ihrer Mitte. Waldinger fiel ein Stein vom Herzen. Er wirkte unversehrt.

»Komm, Michl, steige ein«, sagte er und dankte den Männern für ihren Einsatz. Sie hatten ihre Wagen unten an der Schönenbacherstraße geparkt und nahmen nun die Abkürzung über die steile Wiese. Alle waren gut gelaunt, der Einsatz war gut ausgegangen.

Er führte Michl nach Hause, damit er einige Sachen packen konnte. Der junge Mann war über Nacht zahm geworden. Die Angst und die Kälte hatten ihm zugesetzt. Ängstlich versteckte er sich unter seiner Mütze, als sie durch das Dorf fuhren.

Ruth war nicht zu Hause.

»Ich warte fünf Minuten«, sagte Waldinger. »Das sollte reichen.« Er kannte das Haus seiner Freunde. Es gab keine Hintertür, und falls Michl durch ein Fenster flüchten wollte, würde er ihn auch von hier aus sehen können.

Während er im Wagen wartete, wählte er die Nummer von Agnes. Schon beim zweiten Klingeln ging sie dran.

»Ist Ruth bei dir?«

»Ja, habt ihr ihn gefunden?«

»Er hatte sich in einem Stadel in Sifratzhütten versteckt. Er schämt sich, er wollte Ruth nicht unter die Augen treten. Gib ihr Bescheid, dass er ok ist. Ich nehme ihn mit nach Bregenz.«

»Ich werde versuchen, es ihr schonend beizubringen. Ich war mit ihr beim Arzt«, flüsterte Agnes. »Die Tabletten scheinen stark zu sein. Sie hat sich sofort beruhigt, und jetzt schläft sie auf unserer Couch.«

»Danke dir, dass du dich um sie kümmerst, ich bin dir was schuldig.«

»Du bist mir nichts schuldig. Ruth wäre auch für mich da, wenn ich Beistand nötig hätte. Gott sei Dank hat es das Schicksal mit mir besser gemeint.«

»Danke trotzdem.«

Waldinger hätte ihr einen guten Ehemann gewünscht. Aber Liebe schien manchmal tatsächlich blind zu machen.

Schneller als erwartet stieg Michl mit seiner Bundesheertasche wieder zu Waldinger in den Wagen.

»Wir fahren besser gleich. Ich will Mama nicht über den Weg laufen. Wer weiß, wo sie ist, wahrscheinlich kommt sie gleich.«

Ihm sollte es recht sein, und während Michl die Mütze tief ins Gesicht zog, gab Waldinger schon Gas.

»Ich habe heute nur eine Frage, ok?«

Michl schaute desinteressiert aus dem Fenster.

»Wie kamst du an das Werkzeug?«

Er zuckte mit den Schultern.

»Mit dem Schlüssel. Der hängt in Huberts Wohnung gleich neben der Eingangstür.«

Scheinbar aufmerksam hörten beide Radio Vorarlberg. Keiner war zu Small Talk aufgelegt. Die bekannte Strecke kam ihnen beiden viel zu lang vor. Sie waren schon in Schwarzach, als endlich der Hochzeitsmarsch Waldingers Schweigen beendete. Er kannte die Nummer nicht.

»Ja? Hier Waldinger«, meldete er sich und stellte das Radio aus.

»Moment, ich fahr kurz rechts ran, ich bin gerade kurz vor der Autobahnauffahrt.«

Er stieg aus, bei diesem Gespräch wollte er keinen Zuhörer haben, Michl schon gar nicht.

»Jetzt, Albert. Jetzt kann ich reden.«

»Dominik hat gesagt, ich soll dich anrufen, aber ich hätte mich sowieso bei dir gemeldet. Zuerst einmal danke, dass du dich so um uns kümmerst. Es tut gut. Danke. Und was noch wichtiger ist, wie soll ich es erklären, hat Dominik erzählt, wo ich heute Mittag war?«

»Mit David beim Arzt, hat er mir erzählt.«

»Stimmt, beim Psychologen, um genau zu sein. Mir spukte schon seit Tagen ein Gedanke im Kopf herum, aber ich bekam letzte Woche keinen Termin, obwohl ich … egal. Also, um die Sache kurz zu machen: Der Psychiater kann sich vorstellen, dass David an dem betreffenden Abend den Schalter umgelegt hat. Das könnte seine Art gewesen sein, den Zerfall der Familie aufzuhalten.«

Waldingers Knie wurden weich. Er hielt sich an einer Schneestange fest.

»Du glaubst, dass David, entschuldige, wusste, was er da tat?«

»Wir können nur spekulieren, wir können nicht in seinen kleinen Kopf hineinschauen. Er hat stumm gelitten, die letzten Tage, aber er ist nicht dumm! Und gleich am ersten Tag hat die Krankenschwester ihm die ganzen Apparate erklärt. Um die Trauer und Stille im Zimmer zu überbrücken, schätze ich. Sie hat bestimmt geglaubt, er versteht die Zusammenhänge nicht. Da täuschen alle Menschen sich in ihm. Selbst uns erstaunt er immer wieder. Er vergisst nichts.«

»Ich weiß nicht, was ich dazu sagen soll.«

»Ich wollte es dir nur erzählen. Ich will nicht, dass vielleicht ein Unschuldiger zum Sündenbock gemacht wird.«

»Das wäre fast schon passiert«, murmelte Waldinger.

»Und deine Frau ist in Rankweil? Wie kommst du mit den Jungen klar?«, wechselte Waldinger das Thema.

»Ich werde mir nach Weihnachten wohl eine Haushälterin suchen. Bis dahin will meine Schwester Maria mich unterstützen.«

»Du klingst hoffnungsvoller als letzte Woche.«

»Ja, ich muss mich zusammenreißen. Die Welt dreht sich weiter, und die Buben brauchen einen starken Vater.«

»Wir haben den Unglücksfahrer gefasst, falls dir das ein Trost ist.

Es war Michl, der Sohn von Luis und Ruth.«

Es blieb lange still in der Leitung.

»Kommst du die nächsten Tage einmal vorbei und erzählst mir die ganze Geschichte?«, fragte der Wirt müde.

»Gern. Und danke für deinen Anruf.«

Mit klammen Fingern drückte er die rote Taste.

In Bregenz zeigte Waldinger Michl sein Bett für die nächsten Tage.

»Du bekommst gleich etwas Warmes zu essen, dann nimmst du eine Dusche und versuchst zu schlafen. Sie werden dir eine Tablette geben, wenn du willst. Wir reden morgen früh miteinander. Es war ein langer Tag.«

Beim gemeinsamen Abendessen musste Helga sich mit einer kurzen Zusammenfassung der Ereignisse begnügen. Waldinger fühlte sich leer und ausgelaugt wie seit Jahren nicht mehr. Er rührte die heiße Gemüsesuppe kaum an und trank dafür die ganze Kanne Tee fast allein.

»Das mit dem Nikolaus hat sich ja nun erledigt. Besser würde es passen, wenn ich als Krampus durch das Dorf laufen müsste.«

»Als Krampus?«

»Der Böse und der Schreckliche, der Mann, der den armen Michl mitgenommen hat, das würde den Leuten gefallen. Ich bin schuld, Helga. In ihren Augen habe ich Ruth ihren Sohn und Luis seine Hoffnung genommen. Für die Bizauer werde ich derjenige sein, der einen Fehler gemacht hat.«

»Du übertreibst. Das legt sich alles wieder.«

»Helga, ich kann sie hören. Ich werde auch das Fest absagen. Niemand wird mit mir meinen Fünfziger feiern wollen.«

Helga trat hinter ihn und massierte seinen verspannten Nacken.

»Schlaf eine Nacht darüber oder zwei. Es ist erst Montag. Bis Samstag sieht die Welt wieder anders aus.«

»Nicht für mich.«

»Auch für dich, mein Lieber.«
Sie küsste ihn auf den Hinterkopf.

Acht Monate später

Die Eisbecher waren riesig. So wie immer. Waldinger hatte sich den Hausbecher bestellt, Helga einen Eiskaffee. Der heiße Sonntagnachmittag war wie geschaffen für eine Rast im Schatten der bunten Sonnenschirme auf der Terrasse des Berghauses. Sie waren nicht die Einzigen. Alle Tische waren besetzt.

»Bitte schön«, sagte Hannes, als er die zwei Becher vor ihnen abstellte.

»Danke. Heute geht's aber rund, oder?«

Der Sohn des Wirtes nickte.

»Ein traumhafter Sommertag.«

»Arbeitest du die ganzen Ferien hindurch mit?«

Er nickte. Dann eilte er weiter und räumte einen Tisch ab, der gerade frei wurde. Eine junge Familie steuerte auf den frei gewordenen Platz zu und setzte sich.

Helga schubste ihren Mann mit dem Fuß an.

»Die kennen wir doch.«

Unauffällig schaute Waldinger in die angedeutete Richtung.

»Hubert und Gerlinde mit dem Butzele«, sagte Helga. »Aber die ältere Frau, wer ist das, kennst du die?«

»Frau Hänsler. Die Frau des Autohändlers. Huberts Mutter. Dann hat das Baby ja das geschafft, was vorher unmöglich schien. Sie haben wieder Kontakt zueinander.«

»Schön«, seufzte Helga. »Ich freu mich auch schon so auf unser zweites Enkelkind.«

»Mir wär lieber, es wär von Martin«, grummelte Waldinger. »Hättest du Kathrin doch nur nicht erlaubt, auf diesen Christkindlmarkt zu fahren. Sie ist noch nicht mal achtzehn.«

Helga lachte. »Noch nicht, aber nächste Woche. Ich wünsche ihr, dass ihr Fest so schön wird wie deines zu deinem Fünfziger. Es war doch herrlich.«

»Grüß euch, ihr zwei. Schön, dass ihr mal vorbeischaut.«

Der Wirt war an ihren Tisch getreten.

»Hat das Eis geschmeckt?«

»Nur viel zu viel, so ein Becher ersetzt jedes Mittagessen«, sagte Helga und lächelte.

»Wie geht's euch?«, fragte Waldinger.

»Gut, doch, ich bin sehr zufrieden. Vor Weihnachten sah die ganze Geschichte noch anders aus. Erstmals sind wir alle natürlich einfach nur glücklich, dass Judith sich so gut macht. Wir können schon das eine oder andere Wort verstehen, und mit dem Rollstuhl ist sie im ganzen Erdgeschoss mobil. Wir mussten ein wenig umbauen, aber wir haben uns alle gut eingerichtet.«

»Und wie geht's deiner Frau?«, wollte Helga wissen.

»Sie braucht noch ziemlich viele Medikamente, um gut durch den Tag zu kommen, aber sie kann sich wieder selber um die Buben und den Haushalt kümmern. Ein Au-pair-Mädchen hilft ihr dabei, und so kommt sie gut zurecht.«

»Das klingt gut, wie hast du es nur geschafft, dich selber wieder so aufzuraffen?«, fragte Waldinger bewundernd.

»Die Erika, die Haushälterin im Winter, sie war erbarmungslos. Von Mitleid und Bequemlichkeit hielt sie nicht viel. ›Schaffa, schaffa‹, hat sie immer gesagt, ›ist das Einzige, das hilft.‹ Arbeit gab's genug, und ich muss ihr recht geben.«

»Arbeit habt ihr heute auch genug. Wir sollten dich nicht länger aufhalten. Ich wollte dir nur erzählen, dass Michl auf Bewährung rausgekommen ist. Nachdem sich Luis' Zustand dramatisch verschlechtert hatte, haben sie bei der Verhandlung wohl beide Augen zugedrückt.«

»Damit kann ich leben, Reinhold. Ich hoffe nur, Ruth findet allmählich wieder festen Boden unter den Füßen.«

Helga nickte ernst. »Michl wird ihr Halt geben.«
Die Männer zogen zweifelnd die Augenbrauen hoch.